Patricia Kay Parker (Hrsg.)
In Zusammenarbeit mit IsaRion.com

...und plötzlich gab es SIE
Coming-out-Erzählungen frauenliebender Frauen mit heterosexueller Vergangenheit

Erzählungen

W0194074

Books on Demand GmbH
Bibliografische Information Der Deutschen Bibliothek

Die Deutsche Bibliothek verzeichnet diese Publikation
in der Deutschen Nationalbibliografie;
detaillierte bibliografische Daten sind im Internet über
http://dnb.ddb.de   abrufbar.

© 2008 Hrsg. Patricia Kay Parker
Alle Rechte an den Geschichten liegen bei den Autorinnen.
Herstellung und Verlag:
Books on Demand GmbH, Norderstedt
Covergestaltung und Buch-Layout: KS Design
Coverbild: Karin Tauer (www.zebrafisch.com)
Türbilder: KS Design & Karin Tauer

ISBN-10: 3-837-02601-6
ISBN-13: 978-3-8370-2601-6

Danke

Für die bereitwillige, zahlreiche und mutige Unterstützung möchte ich mich bei allen IsaRion-Autorinnen, die dieses Buch, das mir schon lange am Herzen lag, ermöglichten, herzlich bedanken.

Außerdem bedanke ich mich bei Isabelle und Marion, den Gründerinnen von „IsaRion.com", für die Möglichkeit, das Projekt auf die Beine zu stellen.
Herzlichen Dank!

Mein besonderer Dank gilt der auf Teneriffa lebenden Künstlerin Karin Tauer für die kreative Arbeit am Coverbild. Gracias, „Frau von der Insel"!

Inhalt

Vorwort

www.IsaRion.com ... wie alles begann

Die Idee entstand im Oktober 1999, als wir – Marion und Isabelle – vor dem PC saßen und durchs Internet surften. Dabei mussten wir feststellen, dass es nur sehr wenige informative Seiten mit lesbischem Inhalt gab.

Für uns, die wir ja bis kurz davor noch ein Hetero-Leben in einer Ehe mit Kindern gelebt hatten, fanden wir gar keinen Austausch im Netz.

Da kam natürlich unweigerlich die Frage auf, ob wir die einzigen Mütter sind, die sich nach langer Ehe dazu entschließen, mit einer Frau zu leben. Aber das konnten wir uns eigentlich nicht vorstellen. Gerne hätten wir Kontakt gehabt und Fragen gestellt.

Wie erging es den anderen Frauen? Wie hatten ihre Kinder reagiert? Wie war das Verhältnis zum Ex-Mann? Was kommt bei einer Scheidung auf einen zu? Können uns z. B. die Kinder versagt werden?

Alles Fragen, auf die wir auf den existierenden Coming-out-Seiten keine Antworten fanden.

Da wir beide PC-erfahren waren und auch einige Kenntnisse im Entwickeln einer Homepage besaßen, entschlossen wir uns, eine Internet-Seite für lesbische Mütter mit Heterovergangenheit zu starten.

Das ging alles dann irgendwie ganz schnell, damals noch über den Anbieter Talkline ... heute mit einer eigenen Domain.

So saßen wir dann bei der Planung und überlegten uns: Wie soll die Seite heißen?

Sie sollte sich gut einprägen können, nicht zu lang sein, und etwas Persönliches wollten wir ebenfalls einfließen lassen. Schließlich kamen wir auf die Idee, unsere Namen zu verwenden und hatten nach einigem Überlegen zwei Möglichkeiten zur Auswahl: Isa(belle) – (Ma)Rion = IsaRion oder Ma(rion) – (Isa)Belle = MaBelle. Letztendlich entschieden wir uns für IsaRion, was wir bis heute nicht bereut haben.

Zu Beginn gab es nur eine rein private Internetseite von/über uns. Wir schrieben unsere Geschichte, schrieben über unser Coming-out, insbesondere darüber, wie die Kinder und die Familie auf die ganze Sache reagiert hatten. Es gab lesbische Buch- und Filmtipps und Allgemeines über Homosexualität. Viele Frauen meldeten sich per Mail. Die einen, um einfach nur Fragen zu stellen, was die ganze Situation angeht, die anderen, um sich bei uns zu bedanken.

Danke zu sagen dafür, dass es IsaRion gibt. Viele Frauen haben sich, nachdem sie unsere Seite gefunden hatten, endlich getraut, auch dazu zu stehen, dass sie eine Frau lieben und sich von ihrem Mann trennen wollen. Sie bewunderten uns, dass wir so offen mit unserem Leben umgingen.

Das Internet veränderte sich, es wurde interaktiver und so starteten wir unser erstes Forum im Jahr 2001.

Schnell waren es fünfzig bis hundert Frauen, die sich dort immer wieder austauschten.

Mittlerweile haben wir viel Software ausprobiert und sind nun ganz weg von der einfachen Homepage hin zum Portal „IsaRion – lesbische Mütter mit Hetero-Vergangenheit und frauenliebenden Frauen". Anfangs gab es nur Frauen mit Kindern, die sich bei uns anmeldeten, stand im Kopf der Seite ja „lesbische Mütter". Mit der Zeit kamen aber auch viele Co-Mütter dazu und Frauen, die keine Kinder haben. Heute ist es eine gelungene Mischung von Frauen jeder

Lebenssituation und jeden Alters (die jüngste ist zwanzig und die älteste dreiundsechzig). Über tausendfünfhundert Frauen sind angemeldet.

Das Portal ist sehr wichtig geworden für alle Frauen, die jetzt in ähnlicher Situation wie wir damals stecken. Sie finden dort Austausch, Trost, offene Ohren und manchmal sogar die Partnerin fürs Leben.

Uns ist das Portal sehr ans Herz gewachsen. Wir investieren viel Mühe, Zeit, Geld und Herzblut hinein.

Immer wieder gibt es uns die Bestätigung, dass wir den richtigen Weg gegangen sind. Wir sind stolz auf das, was wir geschafft haben, und wünschen uns noch viele Frauen, die wir auf ihrem Weg ein Stück weit begleiten dürfen.

ISAbelle & maRION

Einleitung

... und plötzlich gab es SIE und die Gefühle fuhren Achterbahn.

Mit der Erkenntnis einer Frau, sich zu einer anderen Frau hingezogen zu fühlen, beginnt meist das Coming-out.
Doch was kommt durch dieses Erkennen auf sie zu? Was ist so bedeutsam an diesem Thema, dass es ganze Bücher zu füllen vermag?

Das lesbische Leben ist geprägt von Vielfältigkeit und Facettenreichtum.
Viele wissen schon immer, dass sie Frauen lieben, andere wiederum verlieben sich erst nach Jahren bzw. Jahrzehnten eines Familien- bzw. heterosexuellen Lebens zum ersten Mal in das eigene Geschlecht. Alle stehen durch dieses Gefühl des Begreifens am Anfang ihres Coming-outs, was oft einen biographischen Bruch bedeutet. Häufig ist es ein Konflikt mit den Erwartungen der Familie und Umwelt oder auch ein Widerstreit mit sich selbst, mit von der Gesellschaft übernommenen Wertvorstellungen, Homosexualität als etwas Schlechtes, Unnormales zu sehen. Für viele ist es zunächst ein großer Schreck, wenn sie erkennen, „anders" zu sein.
Gerade mit der oben erwähnten zweiten – kleineren – Gruppe von Frauen beschäftigt sich dieses Buch. Zunächst soll allerdings das Thema Coming-out etwas vertieft werden.

Laut Definition ist das „Coming-out" ein öffentliches Sichbekennen zu seiner Homosexualität; das Öffentlichmachen

von etwas [als bewusstes Handeln].
Doch drückt diese Begriffserklärung nicht alles aus, was ausgesagt werden soll.

Das Coming-out (englisch = herauskommen) ist vielmehr ein oft langwieriger, mitunter Jahre während Prozess, in welchem eine lesbische Frau bzw. ein schwuler Mann sich selbst und der Umwelt gegenüber zur Homosexualität bekennt. Es wird dabei zwischen dem Coming-out und dem Feststellen der eigenen sexuellen Orientierung unterschieden. Als Kriterium dient somit nicht, inwieweit die betroffene Frau der Öffentlichkeit ihre Homosexualität preisgibt, sondern die Tatsache, ob sie innerlich ihre sexuelle Orientierung akzeptiert hat und sich selbst nicht verleugnet.

In diesem meist mit starken Emotionen und psychischen Spannungen verbundenen Prozess unterscheidet man zwei Phasen, die aufeinander folgen, das „innere" und das „äußere" Coming-out.
Das innere Coming-out wird geprägt durch die Zeit bis zum Bewusstwerden einer bei der eigenen Person vorhandenen sexuellen Orientierung. Wie lange diese Phase andauert, ist individuell unterschiedlich, sie kann sich teilweise über viele Jahre hinziehen.
Das äußere Coming-out umfasst den Teil des Prozesses, bei dem man allen oder auch nur ausgewählten Menschen des sozialen Umfeldes die eigene Homosexualität offenbart. Dies erfolgt oft beginnend mit nahen Verwandten oder Freunden und nur bei einem Teil des sozialen Umfeldes.
Einen klar definierten Abschluss für den Prozess des Coming-outs gibt es nicht. Die Stufen reichen vom völlig offenen bis zum komplett zurückgezogenen Leben. So gibt

es leider noch viele Lesben, die den zweiten Schritt des Coming-outs nicht mitgehen – sei es aus Scham oder aus Furcht vor Anfeindungen und Ausgrenzung.

Auch ist das Outing nicht an ein bestimmtes Alter gebunden. Teilweise realisieren Frauen ihre Homosexualität erst mit vierzig, fünfzig oder gar sechzig Jahren und verlieben sich zum ersten Mal in eine andere Frau.

Für die einen ist es eine Erleichterung, weil sie endlich wissen, wer sie sind. Sie empfinden ein Ankommen zu sich selbst.

Für andere bedeutet diese Erfahrung ein Wechselbad der Gefühle, die von Glück und Begeisterung bis hin zu schweren Identitätskrisen reichen können.

Sie stehen vor dem Problem, ihrer Umgebung über eine lange Zeit eine Fiktion gezeigt zu haben, die nur sehr schwer zu widerrufen ist. Die Betroffenen empfinden ein subjektives Gefühl des „Andersseins". Viele Frauen glauben in dieser Situation, die oft aus heiterem Himmel kommt, ganz allein und einzigartig zu sein. Das Empfinden, sich trotz zum Teil jahrelangen Ehe- bzw. Familienlebens plötzlich in das gleiche Geschlecht zu verlieben, unterscheidet diese Frauen sowohl von den Heterosexuellen wie auch von den Lesben, die ihre sexuelle Orientierung bereits während der Pubertät oder im jungen Erwachsenenalter erkannt und für sich akzeptiert haben. So führt die Erkenntnis, lesbisch zu sein, in vielen Fällen zu der Entscheidung, das bisher geführte Leben komplett zu verändern.

In dieser Phase, die geprägt ist von den ersten Schritten in eine Frauenbeziehung und den besonderen Schwierigkeiten eines Coming-outs gegenüber dem männlichen Partner bzw. den Kindern, von dem inneren und äußeren Bruch mit Normen der Gesellschaft, sind Gespräche, Austausch und Klärung besonders wichtig.

Dieses Buch kann in jeder Phase des Coming-outs begleiten, unterstützen und Mut machen, den neuen Weg zu gehen.
Die Idee zu diesem Projekt entstand im Internetforum IsaRion.com aus dem Bedürfnis heraus, anderen Frauen viele mögliche Wege des Coming-outs von Frauen mit heterosexueller Vergangenheit zu erzählen.

Patricia Kay Parker

Isabelle & Marion

42/42 Jahre
5 Kinder
berufstätig
NRW

Wie alles begann ...

Alles begann mit einer Kontaktanzeige von mir (Marion) im
Internet bei BiNe. Sie lautete wie folgt:
„Will nicht mehr mein Leben träumen, will den Traum end-
lich leben.
Bin 33, verh., suche Sie zwecks Erfahrungsaustausch."

Isabelle meldete sich auf diese Anzeige. Tägliche Mails gingen übers Netz, ellenlang, und es dauerte nur sieben Tage, bis
wir uns trafen.
Boom!! Es schlug ein wie eine Bombe. Wir wussten, dass die
andere diejenige ist, nach der wir gesucht hatten.

Wir trafen uns, wann immer und so oft wir konnten. Das gestaltete sich jedoch schwierig, weil ja die Kids (sie drei und ich zwei Kinder) und die Männer auch noch da waren.

Dann gab es da noch die Urlaube, die uns trennten. Erst fuhr ich zwei Wochen weg, eine Woche später sie für drei Wochen.

Die Anziehung war schon so groß, dass die Zeit ohne einander kaum auszuhalten war, aber sie verging. Emotional war das alles sehr, sehr anstrengend.

Im Herbst wagten wir schließlich beide den Schritt, den wir aus heutiger Sicht schon viel früher hätten wagen sollen.

Wir trennten uns beide von unseren Männern und jede von uns nahm sich mit den Kindern eine Wohnung nur fünfhundert Meter Luftlinie voneinander entfernt.

Gleich zusammenzuziehen war uns nicht ganz geheuer, weil wir doch erst einmal versuchen mussten, alleine auf eigenen Beinen zu stehen. Außerdem kannten wir uns ja gerade erst drei Monate.

Ein halbes Jahr später zog ich zu Isabelle, deren Wohnung für uns alle groß genug war. Zumal mein Ältester – damals dreizehn Jahre alt – bereits nach drei Monaten wieder zurück zu seinem Vater gezogen war. Wir konnten es gut nachvollziehen, dass er zum Papa wollte, da es dort doch ruhiger war als mit Mama und drei fremden Kids und einer fremden Frau.

Ich hatte kein Problem damit, ihn gehen zu lassen. Ich wusste, dass er auch in der Nähe meiner Eltern sein würde, denn mein Ex-Mann wohnte noch in der alten Wohnung im Haus der Eltern.

So lebten wir dann mit nur noch vier Kindern (7, 10, 11 und 12) für die nächsten anderthalb Jahre zusammen. Dann wollte allerdings auch mein jüngster Sohn zu seinem Vater. Er fühlte sich hier bei uns nicht mehr geliebt genug. Nun, bei drei weiteren Kindern, die mit uns lebten, war es für mich schwierig, meinem Prinzen die gewohnte Aufmerksamkeit zu schenken. Natürlich liebte ich ihn mehr und anders, als ich Isabelles Kids mochte. Und natürlich versuchte ich immer, ihm alles recht zu machen, doch es funktionierte einfach nicht. Er konnte sich nicht mit den anderen Kindern arrangieren, hatte große Probleme und ich fand keinen Mittelweg. Und als ich es nicht länger ertrug, ihn leiden zu sehen, und ihm helfen wollte, ging ich schließlich mit ihm zum Kinderschutzbund, wo er dann den Wunsch äußerte, zu seinem Vater gehen zu dürfen.

Dieser Wunsch kam für mich etwas überraschend, weil mein Ex-Mann sich zuvor kaum um seinen Sohn gekümmert hatte. Dieser war erst wieder interessant geworden, nachdem mein Ex-Mann seine neue Frau kennengelernt hatte.

Dem Rat der Kinderpsychologin folgend, die der Ansicht war, es sei der innige Wunsch meines Sohnes, zu seinem Vater zu ziehen, stimmte ich schweren Herzens zu. Ich glaubte, er würde dort bei seinem Vater und seinem Bruder endlich wieder etwas zur Ruhe kommen, was sich zunächst auch bestätigte, denn es ging dem Jungen gut ... scheinbar.

Scheinbar deshalb, weil ich im Endeffekt nicht durchschaute, was dort gespielt wurde.

Nun lebten wir mit drei Kindern völlig offen als Familie auf dem Dorf.

Isabelles Sohn, der gerade fünfzehn Jahre geworden war, hatte eine feste Freundin. Und obwohl es augenscheinlich keine

Probleme zwischen ihm und seiner Mutter gab, kamen die beiden einfach nicht mehr auf eine Wellenlänge.

Wir mussten feststellen, dass es für Frauen, insbesondere was die Söhne angeht, schwierig ist, wenn die männliche Bezugsperson bzw. der Vater fehlt.

Naja, der war wohl in der Pubertät überhaupt sehr vonnöten und das hatte nicht unbedingt etwas damit zu tun, dass wir nun lesbisch lebten.

Viele werden jetzt sagen: Das war doch klar, dass die Jungs flüchten. Allerdings haben wir in vielen Gesprächen festgestellt und sind der Ansicht, dass viele Kinder, die bei der Scheidung die Möglichkeit haben, ihren Lebensraum zu wechseln, früher oder später davon Gebrauch machen, weil es für sie der angenehmere Weg ist.

Es lag also nicht daran, dass wir lesbisch waren, sondern an der Tatsache, dass wir uns scheiden ließen.

Schließlich zog im April 2003 auch Isabelles Sohn zu seinem Vater, so dass wir ein reiner Weiberhaushalt waren, aber nur für kurze Zeit, denn bereits im Januar 2004 waren meine beiden Sprösslinge wieder bei uns. Der Ältere (fast achtzehn Jahre) kam schon vor Silvester und vierzehn Tage später war auch der „Kleine" (fast fünfzehn Jahre) wieder da.

Was jetzt so plötzlich klingt, hatte sich bereits im Herbst 2003 angekündigt, als der „Kurze" mitteilte, dass er wieder zurück zu uns möchte. Wir versuchten ihm zunächst klarzumachen, dass dies nicht so einfach zu bewerkstelligen sei, wegen der Schule, der Freunde, des Vereins und überhaupt. Er könne nicht immer hin und her.

Zu diesem Zeitpunkt war er gerade zwei Jahre bei seinem

Vater und entschlossen, zurückzukehren.

Dass der Große wieder bei uns leben würde, war für uns unvorhersehbar. Lange Zeit hatte er uns nichts gesagt und sich bemüht, mit seinen Problemen dort selbst fertig zu werden, bis es einfach nicht mehr ging. Und nachdem er wieder bei uns eingezogen war, rechneten wir bereits damit, dass auch der Kleine bald wieder bei uns sein würde.

Im Juli 2004 gingen wir mit einer großen Familienfeier die Lebenspartnerschaft ein. Isabelles Familie aus Frankreich war fast vollzählig angereist – und sie hat nicht gerade eine kleine Familie.

Meine Familie, wobei wir meinen Vater sehr vermissten, all unsere Freunde – ob hetero oder homo – waren gekommen: vierzig Personen. Es war für uns ein wundervoller Tag, er war für alle so selbstverständlich.

Ich könnte noch zehn Seiten über uns schreiben, doch es ist sehr schwierig, unsere ersten, sehr intensiven Monate zusammenzufassen. Unser Leben hat sich seitdem radikal verändert.

Es gab und gibt immer noch mal mehr und mal weniger Schmerz, Tränen, Gewissensbisse und Ängste, aber ich kann nur sagen, es lohnt sich, zu seinen Gefühlen zu stehen.

Wir haben sicher nicht den einfachsten Weg gewählt und teilweise stoßen wir auch auf Unakzeptanz (sowohl auf lesbischer wie auf heterosexueller Seite). Viele verstehen einfach nicht, warum wir erst nach fünfzehn Jahren bzw. zwölf Jahren scheinbar glücklicher Ehe diesen Weg gegangen sind.

Heute wissen wir, dass wir nicht die einzigen sind, und über diesen Weg möchten wir anderen Frauen Mut machen, unsere Erfahrungen weitergeben und ihnen einfach zeigen, dass sie nicht alleine sind.

Jetzt – im März 2008 – sind wir nun schon fast neun Jahre zusammen und es gab keinen einzigen Tag, an dem wir irgendetwas bereut haben. Für uns war der Weg, den wir gegangen sind, genauso richtig, wie Kinder zu bekommen. Wir sind glücklich so, wie wir jetzt leben, und stolz darauf, das alles aus eigener Kraft geschafft zu haben!

Ilta

38 Jahre
2 Kinder (9 und 12 Jahre)
Freiberufliche Diplompädagogin
und Dramadozentin
Thüringen

In oder Out

Als Teenager entwickelte ich meinen persönlichen Test, der mich eine ganze Weile begleitete: Immer, wenn ich die Befürchtung hatte, dass das Kribbeln, was mich beim Anblick dieses Mädchens oder jener Frau erfüllte, mehr bedeuten könnte als Achtung, Respekt oder Freundschaft, stellte ich mir lebhaft vor, diejenige zu küssen (mit Zungenkuss!).
Solange diese Vorstellung mir Angst machte, mich gar ekelte oder wenigstens Unbehagen bereitete, war alles o. k. – ich war normal.
Dass ich im wahrsten Wortsinn noch gar nicht wachgeküsst war und somit das Zungenküssen überhaupt sich für mich

nicht wirklich mit Freude verband, kam mir dabei nicht in den Sinn …

Irgendwann versagte dann auch folgerichtig diese „Probe" und ich erkannte klar, dass ich mich als Frau durchaus auch in Frauen verlieben konnte. Vom sicheren Hafen meiner festen Beziehung zum künftigen Vater meiner Kinder aus ließ sich das ziemlich leicht eingestehen.

In frauenbewegten Seminaren an der Uni holte ich mir das theoretische Rüstzeug, um meine erziehungsmäßig recht konservative Haltung zur Sexualität im Allgemeinen und Konkreten bewusstseinserweiternd zu ändern.

Da ich hoffnungslos monogam sowie sehr loyal und treu bin, spielte sich alles jahrelang nur in der Phantasie oder in theatralischen Als-ob-Situationen (dem Bereich, wo alles möglich und nichts wirklich ist) ab.

So weit, so unbefriedigend …

Ich lebte als Teil einer bürgerlichen Idealfamilie – Vater, Mutter und zwei Kinder – und die Intervalle mich ereilender partnerschaftlicher Krisenerschütterungen wurden immer kürzer. Irgendwann erlahmte mein Kampfgeist – wir mussten feststellen, uns absolut auseinandergelebt zu haben und trennten uns.

Neben der Wehmut nach fünfzehn Jahren gemeinsam gelebter Zeit ergriff mich eine große Erleichterung und wochenlang gelang es mir nur mühsam, auf die besorgte Nachfrage von Freunden ob der neuen Situation – allein mit den Kindern zu sein – mein seliges Grinsen zu unterdrücken und ihre nicht unberechtigten Befürchtungen angemessen ernst zu entkräften.

Nun war der Weg wieder frei und mit Mitte dreißig flog ich punktgenau auf Wolke sieben und erzitterte unter den Schmetterlingen, die mit meinen Hormonen Polka tanzten.

Ganz klar, ich war wieder im Teenagerstadium angekommen, nur dass ich diesmal keinen Test brauchte, um zu begreifen: Ja, ich will! Ich will diese Frau endlich das eintausendunderste Mal berühren!

Sprachhüllen von damals bekamen auf einmal neuen Sinn: Mit ihr gemeinsam wollte ich fortan durchs Leben gehen.

Die rosarote Ziel-„Gerade" mäanderte dann jedoch gewaltig. Genug Zeit für die Kinder, sich an meine Auserwählte als Freundin der Familie und gelegentlichen Babysitter zu gewöhnen.

Genug Zeit auch für unsere Umgebung, schon viel eher zu bemerken, was in unser Bewusstsein so unendlich langsam kroch – wir galten bereits als Paar, als sie für mich noch Lichtjahre entfernt schien und ich mich eben mit der Frage beschäftigte, wie ich wohl mit einer Frau zu flirten habe (ein Gebiet, was mich aus reiner Ungeübtheit an sich schon überforderte).

Genug Zeit ebenso für meine Noch-Schwiegermutter, das erste und einzige Mal bei meinen Eltern anzurufen und sie über ihre Tochter aufzuklären. Dass diese Aktion lediglich das Wie, nicht aber das Was unseres Gespräches, welches wir drei Tage später von Angesicht zu Angesicht ohnehin führten, änderte, wird sie wohl nie erfahren und sonnt sich vielleicht noch heute in ihrem scheinbaren Triumph.

Mein akademisch geschulter Papa hatte in seiner Hilflosigkeit eine Frageliste erstellt, die er, wie in unzähligen Konferenzen erprobt, Punkt für Punkt abarbeitete (er machte sich tatsächlich Häkchen bei dem, was besprochen war).

Meine Mama versäumte nicht, mich einen Tag vorher vertraulich anzurufen, um sich ausreichend ins Bild zu setzen – mit der Absicht, zu erwartende Wogen zu glätten. Alles wie immer.

Mit der in unserer Familie gottlob üblichen Offenheit versuchte ich mich zu erklären, so weit ich überhaupt eine Sprache dafür hatte. Da meine Eltern längst aufgegeben haben, meine verschlungenen und auch zuvor schon nicht genormten Lebenslinien zu verstehen, fielen sie vor Überraschung nicht eben vom Stuhl.

Ihre einzige Sorge, mich fürderhin öffentlichkeitswirksam pausenlos an den Spitzen schwul-lesbischer Paraden und mit patriarchatsvernichtenden Reden in Interviews zu sehen, konnte ich glaubwürdig zerstreuen, so dass sie sich mit der neuen Situation arrangierten.

Und ich erkannte, dass die tiefe Verbundenheit und Liebe meiner Eltern mich auch als unabhängigen erwachsenen Menschen noch tragen kann. Sie verstehen mich nicht wirklich – aber sie stehen zu mir.

Meine Kinder waren vier und sieben Jahre alt, als meine Liebste und ich es schließlich und endlich auch begriffen: Hier beginnt ein neuer, ein – wie auch immer gestalteter – gemeinsamer Weg.

Ab dem allerersten Urlaub, in dem sie morgens unter unsere Bettdecke krochen, wo wir halbnackt Arm in Arm noch schliefen, wurden sie Zeugen unserer selbstverständlichen Zärtlichkeiten im Alltag. Sie stellten keine Fragen – sie beobachteten und stellten fest.

Jahre später, meine Tochter war gerade sieben, begann sie am Abendbrottisch folgendes Gespräch:

„Mama, wenn ein Mann 'nen Mann liebt, dann nennt man das schwul – oder?"

„Ja."

„Und wenn eine Frau eine Frau liebt, dann sind die lesbisch?"

„Ja."

„Und du, du liebst doch Kirsten?"

„Ja."

„Also bist du lesbisch."

„Ja."

Daraufhin grinste meine Tochter, kam zu mir auf den Schoß, legte ihre Arme um mich und sagte:

„Ich hab dich lieb, Mama."

„Ich dich auch, mein Schatz."

Mein damals zehnjähriger Sohn, der erstaunt das Gespräch verfolgt hatte, kam ebenfalls lächelnd in meine Arme und fortan hatte das, was die Kinder schon als Familie spürten, Worte bekommen, um es zu benennen.

Für meine Freunde, die ja bereits vorher gesehen hatten, was ich nicht fassen konnte, blieb nur noch abzuwarten, welche Haltung ich zu diesem Thema im Gespräch mit ihnen einnehmen würde.

So reichten zufällige Nebenbemerkungen, wie etwa folgende bei einem Telefonat, welches dazu diente, herauszubekommen, wer beim letzten Besuch seinen Slip bei mir vergessen hatte:

„Du weißt doch, dass ich jetzt in völlig neue Erklärungsnöte komme, wenn ein fremder Frauenslip bei mir auftaucht."

Ein befreites Lachen am anderen Ende der Leitung und die Auflösung, wem dieser nun gehörte, signalisierten Verständnis – es gab kein Tabu und unsere Freundschaft ist immer noch dieselbe.

Bist du ganz out? – Eine merkwürdige Frage, die mir schon öfter begegnete.

Als Vertreterin der „Dienst ist Dienst und Schnaps ist Schnaps"-Fraktion sehe ich meine Authentizität im Beruf mitnichten gefährdet, nur weil ich mir meiner privaten und öffentlichen Seite bewusst bin.

In heutigen Zeiten, wo diese Tatsache der sozialen Rollenvielfalt jedes Menschen durch fragwürdige Fernsehformate oft negiert wird, laufe ich damit nicht unbedingt mit der Mehrheit konform.

„Das Private ist politisch", postulierten die 68er und öffneten damit Schranken, die im Interesse aller mancherorts vielleicht besser verschlossen geblieben wären.

Und so, wie ich vor Jahren ein neues Seminar nicht mit Worten wie „Guten Tag, mein Name ist Kaiser. Seit sieben Jahren lebe ich in einer glücklichen heterosexuellen Beziehung und habe zwei Kinder" eröffnete, erkläre ich in gleichen Zusammenhängen heute auch nicht: „Guten Tag, mein Name ist Kaiser. Seit vier Jahren lebe ich endlich in einer homosexuellen Beziehung und habe zwei Kinder."

Wer Augen hat, der sieht, und wer fragt, bekommt eine Antwort. So gibt es Kollegen, die es wissen, und welche, denen es verborgen ist. Es gibt Bekannte, die verstehen, und es gibt jene, die es nicht wahrhaben wollen.

Bin ich also „out"? Irgendwie wahrscheinlich schon – denn „In-Sein" war für mich noch nie erstrebenswert!

JimKnopf

37 Jahre
1 Kind (7 Jahre)
Beamtin
NRW

Im Jahr 1998 lernte ich meinen späteren Mann beim Sport kennen. Aus einer dreijährigen Beziehung kommend, in der Gefühllosigkeit an der Tagesordnung stand, wollte ich erst einmal alleine bleiben, um mich neu zu finden und ins innere Gleichgewicht zurückzukommen. Da trafen wir uns. Er zog mich an, hatte eine etwas weichere Art, sich zu geben als die Partner aus früheren Beziehungen. Mit der Zeit kamen wir uns immer näher, wobei eher ich die treibende Kraft war, da er sehr zurückhaltend und schüchtern wirkte.

An einem Abend ergab es sich, dass wir zusammen ausgingen, erst etwas trinken, dann verbrachten wir die ganze Nacht, Stunde um Stunde, in meinem Auto. Wir redeten und redeten und redeten. Nie zuvor hatte ich so mit jemandem reden können. Wahnsinn! Ich war begeistert. Er hörte mir zu und ich ihm. Er war sehr angetan von mir und wollte mich unbedingt wieder sehen. Es hatte uns beide erwischt.

Wie es so üblich ist, trafen wir uns oft in unserer Kennenlernphase, erzählten, beobachteten und konnten die Finger nicht voneinander lassen. Mehrmals täglich telefonierten wir miteinander, um uns zu sagen, dass wir uns liebten.

Ich wusste genau, dass ich viel für ihn empfand, aber ich fühlte ebenso sicher, dass wieder einmal etwas fehlte, es nicht so war, wie es in einer Partnerschaft sein sollte. Die rosarote Brille verschleierte mir den Blick fürs Wesentliche und ließ dieses Gefühl nicht so in mein Bewusstsein ein, dass ich bemerken konnte, dass dies nicht wirklich das Leben war, was ich wollte.

Immer wieder fehlte mir dieses Puzzleteil, das die Beziehung zu einem Mann zu einem Ganzen vervollständigte. Aber es war ja so üblich: Frau sucht Mann, Mann nimmt sich eine Frau. Jeder lebte schließlich so.

Es ist mir ganz stark in Erinnerung geblieben, dass es etwas gab, das ich anfangs besonders an ihm mochte, sein Gesicht mit dem erfrischenden Lächeln. Ich dachte, ich liebe es. Es sollte immer wieder mein tiefstes Inneres berühren.

Nach kurzer Zeit bröckelte es. Ich versuchte, mir das Schöne daran zu behalten, merkte jedoch, dass es mir weiter und weiter entglitt. Ich befand mich nicht in der Lage, dieses Gefühl, das ich bei seinem Anblick empfand, zu bewahren.

Es wurde schwächer, kam immer seltener zum Vorschein und letzten Endes ist es bei vollem Bewusstsein verschwunden. Aber auch da begriff ich immer noch nicht, was vor sich ging, glaubte immer noch daran, die Liebe meines Lebens gefunden zu haben. Schließlich wollte ich ja auch Kinder. Vielleicht wollte ich es auch nicht verstehen, wollte es nicht zulassen, dass ich meine Liebe auf einem anderen Gebiet richtiger, wirklicher ausleben kann.

In unserer Beziehung schritten wir weiter voran. Wir sprachen über eine gemeinsame Zukunft mit Zusammenziehen, Kindern. Ich liebe Kinder und hatte die feste Absicht, zwei eigenen Leben zu schenken und ihnen die Vielfalt dieses Planeten zu zeigen. Unsere Abmachung war, dass, wenn ich schwanger sein würde, wir auch heirateten. Obwohl ich das als überhaupt nicht notwendig und wichtig erachtete, was ich ihm bereits mehr als deutlich offenbart hatte. Er ließ sich jedoch auf keine Diskussion diesbezüglich ein und wollte eine richtige Familie!

Ich wurde schwanger, meine Hormone tickten anders. Wir heirateten. Ohne meine wirkliche Überzeugung, richtig zu handeln, gab ich mein Ja-Wort, ließ mich mit dem Strom gleiten, fügte mich in die Normalität. Einzig und allein aus diesem Grund, weil ich es zu diesem Zeitpunkt nicht besser wusste. Ich liebte Frauen und bemerkte es nicht! Ließ diesen Gedanken nicht zu, weil ich nicht konnte. Von klein an hatte sich eine Blockade eingeschlichen, die meine Wünsche, die von der Außenwelt sicherlich als abnorm bezeichnet worden wären, nicht zulassen konnte, wollte oder wie auch immer. Die ganze Zeit über habe ich nicht wahrhaben wollen, dass Männer nie mehr als gute Kumpel für mich waren.

Sie verliebten sich in mich und ich dachte, ich würde ebenso empfinden. Sobald sie mir näher kamen, blockte ich innerlich ab, erkannte den Grund für mein Verhalten jedoch nicht, bemerkte nicht, dass ich für mich den intimen Bereich völlig ausklammerte und deshalb einige Bekanntschaften bereits im Keim erstickt wurden und sich nie mehr daraus entwickelte. In den Beziehungen, in denen ich mich dazu hinreißen ließ, mit Männern zu schlafen, überwand ich mich, übersprang ich mein inneres Mäuerchen, war nicht gelöst, konnte mich nicht so geben, wie ich es gerne getan hätte, empfand nicht die Lust, die ich später erfahren durfte.

Nach zweiunddreißig erlebten Lenzen und fünf Jahren Zusammensein mit meinem Mann erwachte ich endlich aus meinem Tiefschlaf. Mein Gefühl für mein eigenes Geschlecht wurde immer stärker. Es sendete die wichtigen Signale hinauf in mein Hirn, ließ die „Leitungen" stromstoßartig erzittern. Ausgelöst auch durch das Medium Fernsehen gelangte ich auf den Weg, der mir von Beginn an bestimmt war.

Seinerzeit wurde eine Serie ausgestrahlt, in der sich zwei Frauen fanden, die Schwierigkeiten einer Gemeinsamkeit erleben mussten und am Ende doch die Sieger waren. Ich verbuchte die Sendung als den endlich geglückten Anstoß, der mein Leben in die richtige Bahn lenken und somit verändern sollte. Die Liebe und Zärtlichkeit zwischen diesen beiden, die über die Mattscheibe flimmerten und mich mitten ins Herz trafen, wollte ich selber erleben, hautnah. Das war es, was ich in meinem Leben vermisst hatte. Sie ließen mich aus meinem jahrelangen Koma erwachen. Die unterdrückten Gefühle, die ich die ganze Zeit über in mir versteckt gehalten hatte, kamen zum Vorschein, forderten das ein, wonach ich schon immer gierte. All das drang in mein Bewusstsein, wurde mir immer klarer. Meine Wünsche und Träume wollten heraus, schrieen danach, erlebt zu werden. Es fühlte sich an, als würden sich neue Tore öffnen ... die mich in das Leben führen sollten, das ich schon immer gewollt, aber nie gewagt hatte. Licht fiel durch die schmiedeeiserne Tür, der helle Sonnenstrahl nahm mich endlich in seine wärmenden Arme. Meine Empfindungen und Gefühle waren so richtig.

Die gedanklichen Reisen, die ich unternahm, eröffneten mir neue Welten, ließen mich nachts nicht mehr schlafen, nicht mehr zur Ruhe kommen und meine Fantasie immer und immer wieder zum Austausch von Zärtlichkeiten mit einer Frau schweifen. Die Sehnsucht danach wollte endlich gestillt werden. Viel zu lange lagen meine wirklichen Träume und Wünsche tief in mir verborgen. Sie wollten heraus, das Tageslicht sehen, endlich die Freiheit genießen, die ihnen zustand. Sie sollten mich von der Lebensform, die mich in meiner Bewegungsfreiheit all die Jahre eingeengt hatte, erlösen.

Trotz oder wahrscheinlich gerade aufgrund dieser Erkenntnis stellten sich mir immer wieder Hindernisse in den Weg, denen ich kaum ausweichen konnte, die mich zurückwarfen in eine Position, die ich für mich nicht mehr beanspruchen wollte.

Ich wollte raus aus meinem alten Leben, endlich frei sein und das leben, was wirklich in mir steckte. Ich war beflügelt und wollte in die Welt hinausschreien, dass ich mich nach so langer Unterdrückung befreit hatte. In dieser Phase meines Lebens begab ich mich auf die Suche nach einer Frau, die ebenso das Verlangen nach Zärtlichkeit, Geborgenheit und Sicherheit in sich spürte wie ich. Wozu gab es schließlich das Internet? Unter der Rubrik „Sie sucht Sie" stellte ich meine Annonce ein und wartete auf die Dinge, die da kommen sollten. Insgeheim erhoffte ich mir, einmal das Glück zu erhaschen, das ich mir so sehr wünschte. Das letzte Quäntchen, das meinen Liebesbeziehungen bisher gefehlt hatte, erleben zu dürfen.

Neugierig wartete ich auf Post im virtuellen Briefkasten. Meine Erwartungshaltung hatte ich recht niedrig angesetzt. Ich gedachte, alles einfach auf mich zukommen und einwirken zu lassen. Besuchte ich das Netz, ohne eine vernünftige Antwort erhalten zu haben, sank meine Hoffnung, die lang ersehnten Wünsche und Träume erfüllt zu bekommen. Eines Tages jedoch kündete die nette Frauenstimme ansprechende Post an. Die wenigen Zeilen ließen mein Herz höher schlagen. Es kribbelte. Wir jagten etwa drei Wochen lang etliche Mails durchs Kabel, trafen uns im Chat, vereinbarten ein Telefonat, in dem wir uns vom Abend an unterhielten und erst am nächsten Morgen den heiß gewordenen Hörer auflegten. Wir trafen uns und es schlug ein wie ein Blitz.

Das, was ich an diesem Abend erfuhr, stellte alles bisher Erlebte in den Schatten. Endlich, endlich durfte ich das ausleben, was in mir steckte.

Ich klärte meinen Mann über meine Absichten auf. Er duldete eine Affäre, wollte die Familie auf gar keinen Fall aufgeben.

Nun musste noch eine wichtige Person mit einer der Hauptrollen in meinem Leben über meine „abwegigen Neigungen" informiert werden, meine Mam, mit der ich bis dato ein absolutes Vertrauensverhältnis gepflegt hatte. Es gab zwischen uns kein Tabu-Thema. Wovor sollte ich mich also fürchten? Ich passte den richtigen Augenblick ab. Dachte ich zumindest. Meine Mutter erkrankte an Krebs, die OP stand bevor. Eines Abends, kurz bevor sie ins Krankenhaus gehen musste, besuchte ich sie. Sie erzählte mir von ihren Befürchtungen und Ängsten, dass sie viel über das Bevorstehende nachdenken und gerne einmal abgelenkt werden würde. Ich packte die Gelegenheit beim Schopf, nutzte die Gunst der Stunde und brachte sie auf ihren eigenen Wunsch auf andere Gedanken.

„Ich muss dir etwas sagen", meine Stimme vernahm ich aus weiter Ferne. An ihrem Blick erkannte ich, dass sie das, was ich äußerte, nicht wirklich richtig aufnehmen konnte, da sie einfach in sich zu versunken war. Sie sah mich an. Wir saßen uns gegenüber an ihrem Küchentisch in ihrer Wohnung, die mir so vertraut war. Die Atmosphäre stimmte.
„Ich habe mich verliebt." Bei meinen Worten wurde sie hellhörig.
„In den Martin?" Ihre Frage kam spontan, überraschte mich nicht, da ich davon ausgegangen war, dass sie sofort an einen Mann denken würde. Zu ihrem Bedauern konnte ich die Frage nur verneinen. Um meinen besten Freund handelte es sich in diesem Fall nicht.
„Nein, rate noch einmal", erwiderte ich daraufhin.
„Es ist doch nicht die Sandra?" Na, so schnell hatte ich mit der richtigen Lösung nicht gerechnet.
„Doch", äußerte ich freudestrahlend, nicht bemerkend, dass sich ihr Gesichtsausdruck veränderte.

In diesem Moment muss für sie eine Welt zusammengebrochen sein. Doch das konnte ich an diesem Tag noch nicht erkennen. Die schwerste Zeit meines Lebens hatte begonnen, indem ich den wichtigen und davon betroffenen Menschen von mir berichtete. Die Trennung von meinem Mann wurde immer unaufhaltsamer, dauerte einige Zeit, da es sehr schwer war, trotz allem, mich von überkommenen Vorstellungen zu lösen, Frau und Mann, Kind, Familie. Meine Mam hat so ihres dazugetan, konnte nicht verstehen, dass ich mit einem Mal umschwenke in eine Richtung, die nicht in das übliche Konzept passte. Ängste machten sich breit. Was geschieht mit meiner Tochter, wenn sie in die Schule kommt und die anderen Mitschüler erfahren, dass ihre Mutter lieber mit einer Frau zusammen ist als mit einem Mann? Viele Gedanken schwirrten durch meinen Kopf.

Nach einer kurzen Auszeit, die meine Mam wohl für sich benötigte und die ich unterstützte, da wir Probleme bekamen, wenn wir uns sahen, kamen wir uns wieder näher, führten Gespräche, bewegten uns dadurch immer weiter aufeinander zu.

Irgendwann stand ich die Trennung von meinem Mann durch. Er kann es mir bis heut nicht verzeihen, dass ich gegangen bin, reißt immer wieder Wunden auf, lässt mich nicht zur Ruhe kommen, zieht meine Tochter in die Angelegenheit mit hinein.

Meine Mam versucht auf ihre Art, das Beste daraus zu machen. Wenn ich alleine bin, ist sie meine Mam, tritt eine Frau in mein Leben, verändert sich ihr Verhalten. Aber trotz der Schwierigkeiten versucht sie, damit umzugehen und ist in allen Bereichen immer für mich da. Kleinere Rückschläge muss ich in Kauf nehmen und akzeptiere sie. Ich verstehe sie.

Es ist auch für sie nicht leicht. Aber wir versuchen beide, den Weg so zu gehen, wie er sich vor uns aufgetan hat. Und für das, was sie für mich getan hat und immer noch weiter tut, danke ich ihr von ganzem Herzen. Ich liebe dich für alles.

Kati & Bille

32/43 Jahre
2 Kinder (8 und 16 Jahre)
Beamtin/Fotografin
Hessen

Internetliebe - Und es geht doch!

„Weißt du noch?" „Kannst du dich noch erinnern?" So oder ähnlich beginnt so manches Gespräch, wenn wir zur Ruhe kommen im hektischen Alltag einer vierköpfigen Familie mit zwei berufstätigen Elternteilen, wenn wir zusammensitzen und die Gedanken zurück wandern lassen.
Zurück zu unserer ersten Begegnung, zurück zu der Zeit, als der Berg, den es zu bewältigen galt, sich noch riesig vor uns türmte.

Nichts Außergewöhnliches denken jetzt viele und eigentlich haben sie damit auch Recht.

Wir sind einfach eine ganz normale Patchworkfamilie, bestehend aus zwei Frauen – mir (Kati) und Bille – und unseren beiden Töchtern.

Das erste Mal begegneten wir uns im Sommer 1999 in einem Chatroom. Einer nur für Frauen. Wahrscheinlich wären wir uns im realen Leben nie über den Weg gelaufen, lagen doch zweihundertfünfzig Kilometer zwischen unseren Wohnorten. Aber im virtuellen Raum ist die große Welt plötzlich klein und Entfernungen verlieren an Bedeutung.

Bille hatte sich nach elfjähriger Ehe gerade räumlich von ihrem Mann getrennt und lebte mit ihrer achtjährigen Tochter Lucie in einem kleinen, liebevoll restaurierten Siedlungshäuschen, als sie zum ersten Mal ihrer Neugierde, eine Frau als Partnerin zu haben, nachgab und sich im WWW auf die Suche machte.

Ich selbst war zu dieser Zeit ziemlich genau ein Jahr verheiratet, als ich beschloss, endlich mein Interesse an Frauen auszuleben.
Ich wusste schon seit frühester Jugend, dass ich mich körperlich zu dem weiblichen Geschlecht hingezogen fühlte. Zeitweise glaubte ich gar, lesbisch zu sein. Dieses Empfinden erschreckte mich nicht, aber ich konnte mich auch nicht so recht durchringen, den Gefühlen wirklich auf den Grund zu gehen.
Und dann änderte sich alles. Plötzlich – mit siebzehn Jahren – begegnete ich dem Mann, in den ich mich verliebte und den ich einige Jahre später auch heiratete. Das änderte natürlich meine Einstellung und ich war davon überzeugt, ich müsse bisexuell sein.

Nach der anfänglichen Begeisterung fürs Neue, fürs Männliche, stellte ich jedoch fest, dass das Bedürfnis, mit einer Frau zärtlich zu sein, immer stärker wurde. Ich wollte mit meinem Mann zusammen sein und ich wollte auch das Weibliche nicht missen. Es beschäftigte mich in meinen Gedanken und Träumen immer stärker.

Schließlich sprach ich mit meinem Mann und er reagierte mehr als verständnisvoll. So kam es zu dem Kompromiss, dass ich neben unserer Ehe auch diverse Freiheiten genießen könnte. Wow, das war natürlich eine coole Vereinbarung für mich und so machte ich mich auf die Suche.

Im Internet-Chatroom traf ich neben Bille auch auf viele andere frauenliebende Frauen. Diese virtuelle Welt zog mich komplett in ihren Bann. Ich war noch Studentin und so blieben mir viele Freiräume. Hier in der Anonymität des Internets konnte ich zum ersten Mal offen dazu stehen, dass ich Frauen liebte. Ich konnte ... wenn auch vorerst nur virtuell ... Dinge tun, von denen ich bisher nur geträumt hatte. Es fühlte sich alles so richtig und gut an. Mein zweites Ich wurde besänftigt, befriedigt.

Während ich inzwischen einige mehr oder manchmal auch weniger erfüllende One-Night-Stands mit Chat-Bekanntschaften erleben konnte und mir klar wurde, dass ich darauf nicht verzichten wollte, wurden Bille und ich zu Freundinnen. Wir schrieben uns lange Mails und Briefe, chatteten täglich und telefonierten. Die Freundschaft auf Entfernung wurde langsam intensiver, so dass endlich der Tag kam, an dem ich zum ersten Mal zu ihr fuhr. Mein Mann war gerade zur Arbeit aufgebrochen, als ich meine letzten Reisevorbereitungen traf. Ich war so aufgeregt, obwohl ich ja nur eine Freundin besuchte, dass ich mich auf dem Weg sogar zweimal verfuhr.

Als ich an ihrem Häuschen ankam, empfing mich eine so herzliche Wärme, wie ich sie noch nie empfunden hatte. Der Tag, den wir gemeinsam verbrachten, verging wie im Flug. Abends besuchten wir ein Konzert mit irischer Musik. Die Stimmung, die Musik, das Licht ... mit einem Mal wollte ich Bille an mich heranziehen und sie küssen. Ich fühlte mich wie magisch zu ihr hingezogen, traute mich jedoch nicht, ihr diese Gefühle zu gestehen, denn ich wusste nicht, wie sie darauf reagieren würde. Ich befürchtete, eine Freundschaft zu zerstören, die gerade erst so wunderschön begonnen hatte.

Sib besuchte bald darauf auch mich. Ich war so nervös, dass unser Wiedersehen auf dem Bahnhof etwas unharmonisch verlief. Doch nachdem ich meine aufwallenden Empfindungen und die wild herumflatternden Schmetterlinge gebändigt bekommen hatte, verlebten wir traumhafte Stunden mit sehr viel freundschaftlicher Nähe zusammen, bis sie am nächsten Morgen abreisen musste.

Ganz schnell stand die Frage im Raum, ob wir unsere wundervolle, vertraute Freundschaft auf Spiel setzten, wenn wir Zärtlichkeiten zwischen uns zuließen. Doch was konnte es Schöneres geben, als mit der Traumfreundin zärtlich zu sein? Dies wurde unser beider Sinnspruch.

Doch warum ließ Bille sich so locker auf diese Affäre ein?

Es war sicher die Neugierde auf das Neue mit dem Bewusstsein, sich nicht sofort in eine neue Beziehung zu stürzen.

Ja, so hatte Bille das empfunden.

Unsere Freundschaft gewann mit den Wochen und Monaten an Intimität und Intensität. Sib durchlebte mit mir einen großen Teil meiner Schwangerschaft. Wir sahen uns, so oft es mit meinem Eheleben und auf die Entfernung hin vereinbar war.

Irgendwann war ganz von allein der Moment des ersten und wohl wichtigsten Coming-outs gekommen. Bille war so glücklich über unsere Liebe, dass sie es nicht mehr aushielt, den wichtigsten Menschen in ihrem Leben nicht davon berichten zu können. Also entschied sie sich dafür, ihrer Mutter von uns zu erzählen, ihr zu sagen, dass sie jetzt eine Frau liebte.

Kaum den Entschluss gefasst, stand sie bei ihr in der kleinen Küche. Es war zugleich ein aufregender und banger Moment, denn die Reaktion war nicht wirklich vorhersehbar. Umso erleichterter und befreiter fühlte Bille sich hinterher. Die Heimlichkeiten hatten endlich ein Ende.

Ich nahm nicht mehr nur im Verborgenen Teil an Billes Leben, denn ich lernte ihre Mutter ebenso kennen wie ihre Schwester und Tochter. Diese sollte zunächst glauben, wir seien einfach nur gute Freundinnen. Zu schwierig wäre es gewesen, ihr zu erklären, dass ich noch ein anderes Leben... ein Eheleben ... führte.

Doch hatten wir die Feinfühligkeit von Kindern in diesem Alter unterschätzt. So konfrontierte sie uns eines Tages mit den Worten: „Jetzt küsst euch doch, wenn ihr euch so liebt." Unsere Gesichter hätten man filmen sollen.

Mit der Geburt meiner Tochter begann eine emotional sehr anstrengende Zeit. Die Ehe mit meinem Mann änderte sich. Ob er es war, der sich veränderte oder ich, kann ich gar nicht sagen. Es schlich sich bei mir langsam die Unzufriedenheit ein. Wir waren, was mich betraf, keine Einheit mehr.

Es machte mir zunehmend immer mehr zu schaffen, von Bille getrennt zu sein. Ich hatte Sehnsucht nach ihr, und ihr erging es nicht anders.

Bille drängte mich zu keiner Zeit unserer Beziehung, meinen

Mann zu verlassen, obwohl sie mich wahnsinnig liebte und mich gerne ganz und gar bei sich gehabt hätte.

Ich weiß noch wie heute den Moment, der mein Leben komplett umkrempelte. Ich fand keine Ruhe. Ich musste raus an die frische Luft und laufen. Den Kinderwagen vor mir herschiebend schrieb ich die SMS: „Die Waage meiner Gefühle ist gekippt. Ich liebe dich. Ich werde meinen Mann verlassen."
Mein Herz raste, während ich auf die Antwort wartete.
„Nein, das will ich nicht. Du bleibst bei ihm. Ich wollte nie eine Familie zerstören."
Verwirrung und Entsetzen griffen nach mir. Ich konnte unter diesen Umständen, mit diesen Gefühlen in mir, nicht mehr mit meinem Mann zusammen sein. Und die Frau, die ich liebte, wies mich ab. Aber mein Entschluss stand fest und Billes Reaktion änderte daran nichts. Ich konnte … ich musste … mein Leben ändern, denn die Rolle, die ich zu dem Zeitpunkt einnahm, war nicht meine.

Meinen Mann traf meine Entscheidung völlig unvorbereitet. Bis dahin hatte er mir und meinen Gefühlen vertraut, so wie ich ihnen vertraut hatte. Zu überzeugt war ich selbst von meiner Idee der bisexuellen Lebensweise gewesen.
So überraschend es nun für ihn kam, kampflos wollte er das Feld nicht räumen. Er schrie und tobte, bevor er weinte und flehte. Er drohte, sich aus dem Fenster zu stürzen und glaubte, mich eventuell mit Verführungskünsten zurückgewinnen zu können. Schließlich sah er sich als Verlierer der ersten Runde, doch er gab mir Bedenkzeit. Er wollte mich nicht verlieren und hoffte, dass ich irgendwann zur Besinnung käme.
So zog ich vorerst zu meinen Eltern, was natürlich damit

verbunden war, dass ich mich vor meiner Mutter outen musste, dass ich erklären musste, warum ich die Trennung von meinem Mann wollte. Bisher waren wir ja in den Augen meiner Eltern das Traumpaar gewesen.

Mir war sehr unwohl zumute, als ich meiner Mutter gegenübertrat. Nachdem ich ihr alles erzählt hatte, meinte sie, ihr sei sehr wohl aufgefallen, dass ich starke Gefühle für Bille hätte. Natürlich konnte ich bei meinen Eltern bleiben, auch wenn sie nicht verstanden, was wirklich in mir vorging. Vielleicht war das auch viel zu überraschend. Niemals hatte ich mit meiner Mutter über meine Empfindungen Frauen gegenüber gesprochen. Sie glaubte mich mit dem Traum-Schwiegersohn verheiratet mit einem gerade vier Monate alten Wunschkind. Und nun wollte ich dieses Leben urplötzlich komplett auf den Kopf stellen.

Ich denke, sie glaubte wie mein Mann an eine Phase, die sich irgendwann geben würde. Vielleicht der Stress des ersten Kindes?

Für mich hingegen bedeutete das Coming-out vor meinem Mann und die Trennung von meinem bisherigen Leben einen riesigen Schritt auf mein „Ich" zu.

Und ich hatte Bille an meiner Seite. Nachdem ihr bewusst geworden war, dass ich von meiner Entscheidung nicht abrücken würde, empfing sie mich mit ihrer Liebe. Denn wenn ich unabhängig von ihr meine Familie aufgab, dann könnten wir unser Glück fortsetzen.

Obgleich sich damit ein riesiger Berg mit Fragen und zu meisternden Schwierigkeiten vor uns auftürmte, waren wir davon überzeugt, dass dieser Weg der einzig richtige für uns war.

Sepha

39 Jahre
2 Co-Kinder
Lehrerin
Hessen

Mein Coming-out

Eine Geschichte über mein Coming-out … gar nicht so einfach … Es fängt schon beim Titel an. Was könnte der Titel für meine Geschichte sein: Schicksal verhilft zum Glück? Etwas blumig, zugegeben. Aber eben auch mit einem Kern Wahrheit.
Und wo könnte die Geschichte beginnen?
Anzeichen gab es schon in der Kindheit. Ich habe meistens mit meinen Brüdern Fußball gespielt und bin auf Bäume geklettert. Viele hielten mich für einen Jungen, ich selbst wollte ein Junge sein. Aber genügt das schon, um darin den Beginn des Lesbischseins zu sehen? Wohl kaum, viele Mädchen

44

erleben Ähnliches, ohne diesen Weg einzuschlagen.

Begann alles vielleicht mit der jugendlichen Schwärmerei für meine Sportlehrerin, vor der ich besonders tolle sportliche Leistungen bringen wollte und von der ich allzu gerne ein Pflaster auf meine Schürfwunden geklebt bekam? Schon eher, würde ich meinen. Obwohl auch das noch an der Tagesordnung und wahrscheinlich auch unvermeidlich war an dem Mädchengymnasium, das ich besuchte.

Nur von Mädchen umgeben zu sein, keine Sozialisierung mit gleichaltrigen Jungs, kein Anbandeln und Flirten mit dem anderen Geschlecht in der Klasse oder auf dem Schulhof zu erleben – alles vielleicht kleine Bausteine auf dem Weg.

Oder war es die Beziehung meiner Eltern, die eigentlich keine war? Meine Abneigung gegen eine Partnerschaft mit einem Mann, der nichts Persönliches oder Emotionales in die Familie investiert. Tat frau nicht besser daran, ihr Leben allein und eigenständig zu organisieren? Um keinen Preis hätte ich mit meiner Mutter getauscht. Aber meine Geschwister hat das nicht in der gleichen Weise beeinflusst wie mich.

All diese Facetten auf jeden Fall trugen dazu bei, dass ich bei den – nicht so zahlreichen, aber doch vorhandenen – Verehrern in meiner späteren Jugend nicht wirklich irgendeinen Funken Gefühl spürte. Händchenhalten, Küssen – nee, das war mir nichts. Wirkliche Gefühle hatte ich nur bei Frauen, die mir in verschiedenen Lebensabschnitten begegneten. Gelebt, geschweige denn darüber geredet, habe ich nie. Die Frage stellte sich da wie von selbst. Stimmt mit mir was nicht? Bin ich lesbisch?

An der Uni dann habe ich in einem Seminar eine Studentin kennengelernt, mit der ich ein Referat zu halten hatte. Vorbereitet haben wir das Papier bei ihr zu Hause. Während sie einen Kaffee bereitete, sollte ich mich ruhig umsehen in der

Wohnung, meinte sie. Über dem Doppelbett in ihrem Schlafzimmer, dessen Tür offen stand – sonst hätte ich da wohl
nicht reingeschaut – hing fast in Lebensgröße ein Poster von
zwei sich küssenden Frauen. Der Anblick ging mir durch und
durch und plötzlich wusste ich, dass es das war, was ich wollte. Das war sozusagen mein inneres Coming-out. Ohne dass
ich nachgefragt hätte, erklärte mir die Kommilitonin, dass sie
schon seit Jahren offen lesbisch lebe und in einer glücklichen
Beziehung sei. Wie betäubt lief ich dann in den nächsten Tagen durch die Gegend. Es war also möglich, so zu leben. Eine
völlig neue Perspektive, nie hätte ich gedacht, dass meine Gefühle für Frauen etwas Lebbares hätten. Ich fühlte mich wunderbar und wie befreit.

Von da an war es aber doch noch ein langer Weg. Meiner
Familie sagte ich nichts davon, es war ja auch nicht wirklich
etwas Reales, das es zu berichten gegeben hätte. Da war ja
keine Frau in meinem Leben. Warum also die Pferde scheu
machen?

Die Gefühle für verschiedene Frauen konnte ich nun also
verstehen und einordnen, aber es reichte immer noch nicht;
zumal der Typ ältere Frau, dem ich in der Regel erlag, meist
verheiratet oder fest hetero liiert war. So schwärmte ich weiter vor mich hin, ohne dass ich was zu outen gehabt hätte.
Meine Familie hatte es inzwischen wohl auch schon hinge-
nommen, dass ich Single war und blieb, was ich eigentlich
selbst auch annahm. Die Frage „Na, was macht die Liebe?"
tauchte irgendwann nicht mehr auf.

Ja, und dann kam der beruflich bedingte Umzug in eine neue
Stadt. Wie so oft schon verliebte ich mich in eine hundertpro-
zentige Hetero-Frau, machte ihr schöne Augen und meines
Erachtens ziemlich deutliche Avancen, aber ohne Erfolg. Über
mein Werben und Schwärmen verlor ich jedoch den Blick für

alles andere. Und übersah, was meine große Liebe werden sollte! Wir spielten in derselben Volleyballmannschaft. Schon seit Wochen und Monaten spielten wir nebeneinander und ich hatte sie nicht wirklich wahrgenommen. Allerdings war auch sie verheiratet, hatte sogar zwei Kinder … Also nicht gerade das, was frau als potentielle Liebe ins Auge fasst. Und so musste das Schicksal aktiv werden. Sprich, meine Liebe ergriff selbst die Initiative und umwarb mich. Ja und was soll ich sagen – heute sind wir schon fünf Jahre zusammen. Sie verließ ihren Mann, beide Kinder leben bei uns und sehen ihren Vater regelmäßig, wir feiern sogar alle zusammen Geburtstage, Weihnachten und Ostern.

Meiner Familie habe ich es dann ziemlich schnell erzählt und obwohl gut katholisch erzogen, haben meine Geschwister relativ cool reagiert. Wahrscheinlich haben sie es alle schon geahnt, zumindest taten sie nicht sehr verwundert. Meine Mutter tat sich da schwerer, aber sie akzeptiert meine Partnerin und sogar die Kinder als Teil meiner kleinen Familie. Sie hat uns beim Umzug in eine gemeinsame Wohnung geholfen und macht den Kindern wie all ihren anderen Enkeln kleine Geschenke zu Weihnachten und Ostern.

Insgesamt war es ein langer Weg, aber er hat sich gelohnt! Definitiv!!

Jacqueline H.

44 Jahre
2 Kinder (16 und 25 Jahre)
kfm. Angestellte
NRW

Mein Coming-out liegt jetzt fast vier Jahre zurück. Es war im Jahr 2004.

Der Moment, in dem mir klar wurde, dass ich mich in eine Frau verliebt hatte, war einfach unbeschreiblich. Vom ersten Augenblick an wusste ich: Das ist es, das ist das, was ich jahrelang gesucht habe. Wonach ich mich in meinem Inneren gesehnt habe. Es war wie ... Angekommen-Sein. Jetzt endlich hatte ich das gefunden, was ich immer gesucht hatte, ohne zu begreifen, was es eigentlich wirklich war.

Aber warum erst so spät, immerhin war ich gerade vierzig geworden? Meine Kinder waren einundzwanzig und zwölf Jahre alt. Wie kommt Frau da ganz plötzlich drauf, lesbisch zu sein?

Wirklich erklären kann ich es natürlich auch nicht. Ich bin mir aber im Nachhinein sicher, dass ich eigentlich schon immer lesbisch veranlagt war und nur eine Frage der Zeit, wann es endlich zu Tage tritt.

Eigentlich hätte ich viel früher darauf kommen können. Schon als Teenager schwärmte ich nie wirklich für Jungs. Während die anderen Mädchen sich in Lehrer verliebten, schwärmte ich für meine Mathelehrerin. Ich liebte ABBA, aber nicht die beiden Jungs fand ich toll, es waren die beiden Frauen, die mich faszinierten. Männer fand ich alles andere als anziehend, geschweige denn schön. Einen Freund hatte ich eigentlich nur, weil es irgendwie dazu gehörte und um nicht als Außenseiterin zu gelten. Aber schon damals war ich auf der Suche nach irgendetwas und konnte doch nie definieren, nach was.

Mit achtzehn Jahren bin ich von zu Hause weg, raus aus dem Dorf, in dem ich aufgewachsen war. Sehr weit bin ich nicht gekommen, gerade mal in die nächste Kleinstadt. Dort lernte ich meinen Ex-Mann kennen. Viel zu jung habe ich geheiratet, weil ein Kind unterwegs war. Die Scheidung war vorprogrammiert.

Fünf Jahre hielt diese Ehe, dann hatte ich mich endlich dazu durchgerungen, dem ein Ende zu setzen. Mein Ex-Mann hatte sich in diesen fünf Jahren zu einem kompletten Couch-Potato entwickelt, war nicht mal in der Lage, sich selbst ein Brot zu machen. So konnte und wollte ich nicht weiterleben.

Das konnte es doch nicht gewesen sein, irgendwie wusste ich, da gibt es noch etwas anderes.

Nach der Scheidung ging es mir dann erstmal besser. Ich brauchte mich nur noch um ein Kind kümmern, um meinen Sohn.

Meine Suche ging weiter, aber ans Ziel sollte ich noch

lange nicht kommen. Ich lernte einen Mann kennen, der mich faszinierte. Ich war sehr naiv und ließ mich auf ihn ein. Es waren nur wenige Monate, bis ich merkte, dass ich nur ausgenutzt wurde. Meine Suche hatte mich wohl blind gemacht. Nachdem die Beziehung beendet war, stellte ich fest, dass es nicht ohne Folgen geblieben war. Ich war ein zweites Mal schwanger und stand vor einer schwierigen Entscheidung. Bekomme ich dieses Kind oder nicht? Mir war klar, wenn ich mich dafür entscheide, werde ich es von Geburt an allein erziehen müssen. War ich stark genug? War ich in der Lage, das zu schaffen? Es war schon mit einem Kind allein nicht einfach, aber mit zweien?

Trotz aller Bedenken und Ängste entschied ich mich für das Kind. Im November 1991 kam meine Tochter zur Welt. Jetzt hatte ich zwei Kinder und vorerst keine Zeit mehr, darüber nachzudenken, was ich eigentlich wirklich wollte, wonach ich eigentlich suchte.

Die Jahre vergingen, ich hatte auch die ein oder andere Beziehung, aber nie wirklich etwas von Dauer. Ich war inzwischen sehr misstrauisch, was Männer anging, und ließ keinen mehr wirklich an mich heran. Wir drei waren eine Einheit, in die so leicht keiner mehr einbrechen konnte. Ich war voll und ganz auf meine Kinder fixiert. Das änderte sich erst so langsam wieder, als ich 2002 mit einer Umschulung begann, um endlich meine Berufsausbildung nachzuholen. In diesen zwei Jahren lernte ich nicht nur einen Beruf, sondern auch, endlich wieder mehr an mich zu denken. Das Lernen machte mir unheimlich Spaß und ich merkte, so blöd war ich doch gar nicht. Ich konnte was schaffen, wenn ich nur wollte. Anfang 2004, einen Tag nach meinem vierzigsten Geburtstag, bestand ich die Prüfung erfolgreich mit einem sehr guten Notendurchschnitt. Das Jahr 2004 begann hervorragend!

2004 irgendwie ein Schicksalsjahr? In diesem Jahr sollte sich mein Leben noch grundlegend ändern! Nach der Umschulung war ich erstmal wieder arbeitslos und fiel in ein tiefes Loch. Ich vergrub mich zu Hause vor meinem PC und fragte mich, wofür ich die letzten Jahre so geschuftet hatte, wenn ich jetzt doch keinen Job bekam.

Ich verbrachte so manche Nacht vor dem PC und in einer dieser Nächte lernte ich dann sie kennen. Es begann ganz langsam, zu Anfang haben wir kaum miteinander geredet. Das änderte sich erst, nachdem wir an einem Chattertreffen teilgenommen und uns real kennengelernt hatten. Bei diesem Treffen verstanden wir uns auf Anhieb. Es begann eine Zeit, die teilweise wie im Nebel liegt. Wir waren ständig online und redeten. Wir begannen zu telefonieren und konnten ganze Nächte hindurch reden. Schlafen gingen wir teilweise gar nicht mehr, aber wir merkten nicht, was da mit uns passierte. Wir wohnten ungefähr hundertzwanzig Kilometer auseinander und hatten beide nur wenig Geld. Schließlich war ich arbeitslos. Aber wir schafften es irgendwie, auch zum nächsten realen Chattertreffen zu fahren. Wieder redeten und redeten wir, saßen den ganzen Abend, die ganze Nacht zusammen. Aber wir hatten immer noch beide dieses riesige Brett vorm Kopf. Wir merkten nicht, was wirklich mit uns los war. Dann kam das dritte Treffen. Es sollte in Berlin stattfinden. Berlin!! Das hieß sechshundertfünfzig Kilometer! Kein Geld, aber ich wollte unbedingt nach Berlin. Irgendwie schaffte ich es tatsächlich. Es wurden Fahrgemeinschaften gebildet und ich fuhr mit.

In Berlin angekommen passierte es dann. Wir sahen uns, fielen uns in die Arme und ließen uns das ganze Wochenende nicht mehr los. Endlich hatten wir verstanden. Endlich wussten wir, was mit uns los war. Wir waren verliebt, so wahnsinnig verliebt. Ich hatte mich in eine Frau verliebt, aber nicht einmal kam mir der Gedanke, dass da irgendetwas nicht richtig wäre. Es war so was von richtig, so selbstverständlich, so normal, so schön. Ich war angekommen.

Zurück aus Berlin dauerte es nur ein paar Tage, bis ich mich outete und meiner Schwester alles erzählte. Sie war vom ersten Augenblick einfach nur begeistert und fand es toll. Aber da ich meine Schwester ja kannte, hatte ich das schon vorher gewusst. Das war quasi mein erstes Coming-out. Am liebsten hätte ich es sofort der ganzen Welt erzählt, eigentlich nur meiner Kinder wegen machte ich es nicht. Wir lebten schließlich in einer Kleinstadt und da wird genug geredet. Ich wollte nicht, dass die Kinder durch irgendwelche Hänseleien zu leiden hatten. Aber meiner Familie und den engsten Freunden habe ich es mit Unterstützung meiner Schwester innerhalb weniger Wochen erzählt. Die einzigen, bei denen ich mich etwas schwerer tat, waren meine Kinder. Mein Sohn hat es akzeptiert, redet aber nicht darüber. Mit meiner Tochter zu reden, fiel mir sehr schwer, was sich aber als total unbegründet erwies. Nachdem ich sie darauf angesprochen hatte, dass wir nicht einfach nur Freundinnen seien, war ihr Kommentar: „Das weiß ich längst, meinst du, ich bin blöd, Mama?" Das Eis war gebrochen und heute ist es auch für sie ganz selbstverständlich.

Innerhalb der nächsten Monate stellte ich mein ganzes Leben auf den Kopf. Da uns schon nach kurzer Zeit diese Hin-und-her-Fahrerei doch sehr nervte, ich außerdem nach wie vor keine Arbeitsstelle fand, beschloss ich, zu ihr in die Großstadt zu ziehen. Meine Tochter war nach kurzer Zeit auch begeistert von der Idee (mein Sohn war schon einige Zeit zuvor mit seiner Freundin zusammengezogen). Gesagt, getan, im Juli 2005 zogen wir in die hundertzwanzig Kilometer entfernte Großstadt.

Mittlerweile sind fast drei Jahre vergangen, seit wir hier wohnen. Es waren schöne Jahre und auch weniger schöne. Die Beziehung zu ihr gibt es nicht mehr. Sie hat dem Alltag nicht standgehalten. Aber die Veränderung in mir, die gibt es immer noch und sie wird bleiben. Ich bin endgültig angekommen. Ich habe wieder eine Partnerin und auch einen Job, lebe so, wie ich es möchte. Alle, die mir wichtig sind, wissen es. Ich mache kein Geheimnis daraus, dass ich lesbisch bin. Wir gehen Hand in Hand durch die Welt und wenn uns danach ist, küssen wir uns auch in der Öffentlichkeit. Wir denken überhaupt nicht darüber nach, weil es für uns einfach selbstverständlich ist.

Und manchmal möchte ich immer noch laut rausschreien: „Schaut her! Ich bin angekommen! In meinem richtigem Leben!"

Träumerin

30 Jahre
2 Kinder und 1 Co-Kind
Bürokauffrau
NRW
Ehe: 8 Jahre verheiratet - seit
2006 glücklich geschieden

Mein Coming-out? Naja, wenn ich ehrlich zur mir selbst bin und zurückdenke, so muss ich feststellen, dass ich viel zu lange an einem Leben festgehalten habe, welches nicht meines war. Aber ich hatte den Traum von einem Heim, von Kindern und einer – meiner – kleinen perfekten Familie. Und zu diesem Traum passte nun mal keine Frau als Partnerin, schon gar nicht, wenn man in einem kleinen Dorf aufgewachsen war und dort lebte.

Gefühle zu einer Frau bzw. eher zu einem Mädchen hatte ich das erste Mal intensiv in der Berufsschule erlebt. Ich träumte nachts von ihr und wurde nervös, wenn sie in der Nähe war. Sie hatte so wunderschöne braune Augen und lange lockige dunkelbraune Haare. Sie war Südländerin und ihr Teint etwas dunkler. Sie faszinierte mich! Zu dieser Zeit war ich aber bereits mit meinem jetzigen Ex-Mann liiert. Die Gefühle verdrängte ich erfolgreich, kurze Zeit später heirateten wir und ich wurde schwanger. Die nächsten Jahre vergingen wie im Flug, ich hatte meinen kleinen Traum erfüllt. Ich hatte ein schönes Zuhause, einen Sohn, einen Mann, einen Job – schlicht alles, was ich mir eigentlich immer gewünscht hatte.

Als ich erneut schwanger wurde und einen Geburtsvorbereitungskurs besuchte, wurden meine Gefühle zu Frauen erneut entfacht. Dieses Lächeln und diese strahlenden Augen meiner Hebamme ließen es um mich geschehen sein. Ich freute mich die ganze Woche auf die Mittwochabende, genoss die Kurse bei ihr, traute mich aber nicht, mit ihr über meine Gefühle zu sprechen. Allein der Gedanke war absurd, schließlich war ich verheiratet und schwanger!

Nach der Geburt meiner Tochter wollte ich sie wiedersehen. Ich besuchte bei ihr einen Babymassagekurs, ich wollte den Kontakt nicht abbrechen, ich hatte Angst, sie nicht mehr zu sehen. Aber auch dieser Kurs hatte ein Ende und einen erneuten Vorwand, sie regelmäßig sehen zu können, gab es leider nicht. Nun war ich aber wach und wusste, dass ich diesen Gefühlen auf den Grund gehen musste.

Die Gefühle in mir verdrängte ich diesmal nicht! Ich sprach mit meinem Mann über meine Gefühle, über mein Kopfkino und den Zwiespalt in mir. Ich wollte mich ihm anvertrauen, ich mochte ihn nicht belügen, wollte ehrlich sein. Seine Reaktion war anders, als ich erwartet hatte. Er meinte, ich solle es einfach ausprobieren, nur so könne ich herausfinden, ob es das war, was ich mir wünschte.

Wie sollte ich das bitte „ausprobieren"? Unsere Ehe war zu diesem Zeitpunkt bereits am Ende. Wir hatten uns schon in der Schwangerschaft auseinandergelebt. Unsere Ehe war lediglich eine Zweckgemeinschaft zum Wohl der Kinder und zur äußerlichen Aufrechterhaltung des Scheins.

Ich suchte in der Anonymität des Internets nach Lesbenseiten, nach Frauen, mit denen ich mich austauschen konnte. In einem Chat lernte ich Frauen kennen, mit denen ich mich über meine Gefühlswelt unterhalten konnte, ohne erkannt zu werden. Mit einer Frau hatte ich sehr lange und tiefe Gespräche, wir tauschten unsere E-Mail-Adresse und Handynummern aus. Täglich schrieben wir uns und obwohl wir uns noch nie gesehen hatten, entstand eine Verbindung zwischen uns. Wir erzählten uns Dinge aus unserem Leben ganz offen und ehrlich. Keine von uns nahm ein Blatt vor den Mund. Sie war und ist meine Schlüsselfigur; durch die Gespräche mit ihr merkte ich, was mir bislang zum Glücklichsein fehlte: Ich wollte eine Frau an meiner Seite! Zwischen uns entwickelte sich eine tiefe Freundschaft und sie wurde und ist bis heute meine engste Vertraute.

In diesem Frauenchat wurde ich auf die Seite IsaRion aufmerksam gemacht. Als ich mich bei IsaRion angemeldet hatte (einen Tag vor Heiligabend), war ich verblüfft und vollkommen sprachlos. Ich war nicht allein! Auch andere Frauen, die verheiratet sind oder es waren, die Kinder hatten – erlebten diese Gefühle. Die Entdeckung, nicht allein zu sein, sich austauschen zu können, war unbeschreiblich. Schlagartig änderte sich meine Sichtweise, in jeder einzelnen Geschichte entdeckte man Teile von sich. Die aufbauenden Worte, die dort geschrieben wurden und werden, waren die größte Hilfestellung in der Zeit des Zu-sich-Findens und des Umbruches.

Nun wollte ich Kontakt zu Frauen knüpfen und diese im „realen" Leben kennenlernen. Ich schrieb eine Frau aus meiner Nähe (95 km) an. Wir schrieben uns E-Mails, chatteten nächtelang, telefonierten, lachten und niemals wurde es langweilig. Es gab eine Verbindung zwischen uns – etwas, was ich zuvor noch nie erlebt hatte. Eine Verbundenheit, die sich so intensiv anfühlte. Das Gefühl, sich schon ein Leben lang zu kennen, so sein zu können, wie man wirklich ist, sich nicht verstellen müssen – so etwas kannte ich vorher nicht. Wir schrieben zeitgleich denselben Satz im Chat, sprachen am Telefon gleichzeitig dieselben Worte aus … Für uns stand schnell fest, dass wir uns treffen müssen. Dieses erste Treffen sollte ganz ungezwungen mit unseren Kindern stattfinden. So fuhr ich mit meinen zwei Kindern zu ihr und das Kribbeln im Bauch wurde immer größer, je näher ich dem Ortschild kam.

Dann stand ich vor ihrer Haustür. Wir schafften es nicht, uns anzusehen, wir beide wichen unseren Blicken aus … eine nicht endende Spannung lag in der Luft. Wir redeten und redeten, die Kinder spielten miteinander und wir kamen uns langsam näher. Schließlich saßen wir im Kinderzimmer auf dem Sofa, so eng aneinander, dass nicht mal ein Blatt dazwischen gepasst hätte. Wir schauten gemeinsam Kinderbücher an. Über diese Situation lachen wir heute, aber wir waren sehr nervös. Ich glaube, dass sie dann ihren ganzen Mut zusammennehmen musste, als sie mich einfach küsste. Wow! So viele Schmetterlinge auf einmal in meinem Bauch – ein unbeschreibliches Gefühl. Ja – da wurde mir klar, dass das, was sich so richtig und so schön anfühlt, auch nur richtig sein konnte. Ich war bei mir angekommen! Was für uns beide als Experiment begonnen hatte, war der Anfang unserer Beziehung, die mittlerweile seit vier Jahren besteht. Seit drei Jahren wohnen und leben wir zusammen mit unseren Kindern und meistern die Höhen und Tiefen des Lebens gemeinsam!

Nach diesem ersten Kuss wusste ich, was ich für mich und mein Leben wollte, was bisher gefehlt hatte. Ich outete mich bei meiner Familie und meinen Freunden. Ich wagte den großen Rundumschlag, nahm kein Blatt vor den Mund, ich wollte es am liebsten laut herausschreien. Leider kamen nicht nur positive Reaktionen, aber die Teile meiner Familie und meiner Freunde, die mir am wichtigsten sind, stehen zu mir. Meine Eltern haben unabhängig voneinander mein neues Endlich-bei-mir-angekommen-Gefühl angenommen und freuen sich, dass ich glücklich bin, denn das sei nun mal das Wichtigste.

Wir und auch unsere Kinder haben aufgrund unserer etwas anderen Patchworkfamilie bislang keine negativen Erfahrungen erleben müssen. Wir leben offen und machen kein Geheimnis um unsere Lebenssituation. Die Kinder haben mich nie gefragt, warum ich nun eine Frau liebe. Dennoch haben wir natürlich darüber gesprochen und erklärt, dass man die Wahl hat und sich aussuchen kann, wen man liebt – Hauptsache, man ist glücklich. Die Tatsache, dass unsere Kinder so aufwachsen, finde ich wunderschön, denn sie werden in keine starren Strukturen gedrückt.

Ich bereue keinen einzigen Schritt, den ich gemacht habe, und würde diesen Richtungswechsel wieder machen.

Karin Maria Elke

51 Jahre
3 Kinder (19 und 24 Jahre,
1 Kind gestorben)
Angestellte im Therapiezentrum
NRW
Single im Trennungsjahr

Wach geküsst – das Ende eines Dornröschenschlafs

Wenn ich heute die letzten vierzehn Jahre meines Lebens be-
trachte, so waren dies die bisher turbulentesten, aufregend-
sten, ereignisreichsten und emotionalsten meines Lebens.
Es waren Zeiten voller Selbstzweifel und Selbstverachtung,
Zeiten voller Hoffnungslosigkeit, Verzweiflung und tiefem
Leid, aber auch Zeiten voller Selbsterkenntnis, tiefem Ver-
stehen, Hoffnung, und vor allem Zeiten unendlicher, tiefer
LIEBE!

Eigentlich war sie schon immer Teil meines Lebens, war sie
schon immer in mir – die Liebe zu Frauen – gab es doch da

die große, sieben Jahre ältere Freundin in der Jungendfreizeit, zu der ich mich sehr hingezogen fühlte, oder auch meine langjährige Lehrerin, die ich vergötterte.

Doch Begriffe wie schwul oder lesbisch gab es in meinem Leben und Bewusstsein nicht – und schon gar nicht in mir!

Ich ging den Weg, den viele Frauen gehen, heiratete und bekam drei Kinder.

Doch ich spürte nach einigen Jahren, dass irgendetwas in meinem Leben fehlte, ohne dies genau benennen zu können. Unsere – nicht unglückliche – Ehe war inzwischen eine reine Interessengemeinschaft.

Immer öfter ertappte ich mich dabei, wie ich abends meinen Mann betrachtete und mich fragte, ob ich mit diesem Menschen alt und grau werden möchte und beantworte diese Frage jedes Mal mit Nein. Doch wie sollte die Alternative aussehen? Ich wusste es nicht!

Dann kam der Tag, der mein Leben vollkommen verändern sollte.

Ich war achtunddreißig Jahre alt und gerade zum zweiten Mal in diesem Jahr von einem dreiwöchigen Krankenhausaufenthalt nach Hause gekommen. Ein Mensch, dem sein Körper schon seit einigen Jahren durch Krankheiten signalisierte, dass etwas in seinem Leben nicht stimmte.

Man hatte mir empfohlen, einen Yogakurs zu belegen, und so telefonierte ich herum, fand einen einzigen Kurs, der in wenigen Tagen beginnen sollte und in dem auch noch ein Platz frei war – mein Platz!

Als ich wenige Tage später, am 18. September 1994, den Kursraum betrat, schaute ich zum ersten Mal in diese wundervollen, blaugrauen Augen, die mir später so viel bedeuten sollten.

Es waren die Augen der Yogalehrerin.

Die Wochen vergingen und diese Frau wurde mir immer sympathischer.

Dann, ca. fünf Monate später, es war Mitte Februar, traf es mich wie der sprichwörtliche Blitz aus heiterem Himmel – ich verliebte mich Hals über Kopf in diese Frau.

Was ich dadurch empfand, kann ich nur als absolutes Chaos bezeichnen.

Ich stand vor dem Spiegel, betrachtete mich und wusste plötzlich nicht mehr, wer ich bin und was ich bin.

Ich verachtete mich, war vollkommen verzweifelt und hätte mich anspucken können.

Ich wehrte mich gegen meine Gefühle, versuchte sie zu verdrängen, doch gleichzeitig suchte ich immer wieder ihre Nähe.

Wir philosophierten viel über Yoga, freundeten uns schließlich an und verbrachten, auch privat, immer wieder einige Stunden miteinander.

Dies waren die Zeiten, in denen ich mich wohl fühlte und ein Gefühl tiefer Geborgenheit empfand, gleichzeitig jedoch auch meinen inneren Kampf gegen mich selbst führte.

Die Wochen vergingen und ich hatte es im Griff, so glaubte ich zumindest.

Doch die Liebe in mir wurde immer stärker und mächtiger.

Ich wollte SIE in den Arm nehmen, wollte SIE küssen und mehr ... Es wurden Höllenqualen!

Sie spürte, dass ich Kummer hatte und bot mit immer wieder ihre Hilfe an und meinte, ich könne ihr alles erzählen. Aber ich hatte Angst, sie zu verlieren.

Nach einem Jahr war meine Kraft erschöpft – ich konnte

nicht mehr! Ich wollte nicht mehr!

Ich gestand ihr meine Liebe und sie warf mich nicht, wie befürchtet, raus, sondern bot mir auch weiterhin ihre Freundschaft an, jedoch mehr nicht.

Irgendwie bekam ich es hin, meine Gefühle mehr und mehr zu unterdrücken und genoss unsere gemeinsamen Stunden.

Der Sommer kam und ich fuhr mit meiner Familie in den Urlaub.
Zuvor hatte ich ihr eine Kassette mit meinen Lieblingsliedern aufgenommen; Lieder, die mein Herz berühren, denn sie hatte in der Zeit meiner Abwesenheit Geburtstag.

Als ich zurückkam, fand ich eine sehr nachdenkliche, in sich gekehrte, zeitweise sehr bedrückend wirkende Frau vor, die immer öfter gemeinsame Gespräche und meine Nähe suchte.
Auf meine wiederholte Frage, was sie denn belaste, antwortete sie nicht.

Weihnachten 1995 stand vor der Tür und sie wollte für ein paar Tage verreisen.
Inzwischen ging es mir gut. Meine Liebe zu ihr schien sich verflüchtigt zu haben.
Sie schaute kurz vorbei, um sich zu verabschieden und ließ, im Hinausgehen, eine Bemerkung fallen, die sämtliche Glocken in mir zum Klingen brachte.
Sie hatte sich in mich verliebt.
Die Kassette mit meinen Lieblingsliedern hatte ihre Wirkung getan.

Es folgte das fürchterlichste Weihnachten meines Lebens!
Ich war zerfressen von Selbstvorwürfen. Glaubte ich doch, nun meinerseits sie in den Schlamassel reingezogen zu haben.

Anfang Januar, nach ihrer Rückkehr, standen wir uns in ihrer Küche, getrennt durch einen Tisch, gegenüber.

„Ich liebe dich!", sagte sie zu mir, „aber es geht nicht. Ich mache nicht deine Ehe kaputt. Deine Kinder brauchen dich!"

So lebten wir in der kommenden Zeit eine Beziehung, die aus Händchenhalten in Abgeschiedenheit, aber auch Streicheln und Küssen in geschützter Zweisamkeit bestand.

Doch wenn man einen Menschen liebt, möchte man ihn ganz lieben, ganz spüren und so wurde ich durch das ständige Bremse-Anziehen krank.

Im Mai sagte ich dann zu ihr: „Du, ich kann so nicht weitermachen. Ich gehe dabei kaputt. Ich möchte dich ganz lieben, ganz fühlen, ohne Tabus."

Sie antwortete: „Du, mir geht es seit einiger Zeit nicht anders …"

Ja, und dann begann eine Zeit, die einfach unbeschreiblich ist. Ich habe noch nie zuvor so etwas erlebt! Diese tiefe Liebe und Verbundenheit mit einem Menschen.

Dieses Gefühl des Einsseins – auf allen Ebenen!

Wir lebten unsere Liebe wie auf einer einsamen Insel. Schufen uns unseren Raum. Stahlen uns unsere Zeit, stundenweise, ab und zu mal ein gemeinsames Wochenende in Holland. Immer darauf bedacht, verantwortungsvoll zu handeln.

Oft hat sie zurückstecken müssen, hat Verzicht gelebt. Niemals hat sie sich beklagt. Der Kinder wegen. Meinetwegen.

Wir hatten beide Angst, fragten uns, wie unsere Umwelt reagieren würde, hatten Angst, verachtet, weggeschickt und verlassen zu werden, den Arbeitsplatz zu verlieren.

Wir lebten unsere Liebe im Verborgenen. Sieben Jahre lang!

Als wir 2003 von unserem ersten längeren gemeinsamen Urlaub zurückkehrten und ich wieder nach Hause gehen musste, bekam ich Asthmaanfälle ohne Ende.

Und ich wusste, nun ist der Tag gekommen, vor dem ich mich so gefürchtet hatte!

Ich war vollkommen ruhig, denn ich wusste, dass ich nun diesen Weg gehen musste!

Zuerst habe ich es meinen Kindern gesagt. Sie hatten es bereits geahnt.

Wir haben uns weinend, voller Liebe, in den Armen gelegen. Als ich es meinem Mann gestand und dabei in Tränen ausbrach, nahm er mich tröstend in den Arm.

Auch meine Mutter, meine Schwester, meine Schwiegermutter und meine Schwägerin reagierten ruhig und verständnisvoll.

Niemand schickte mich weg, niemand wandte sich von mir ab, denn schließlich war und bin ich ja immer noch ich!

Meine Mutter sagte: „Kind, es ist doch ganz egal, wen du liebst, Hauptsache, du bist glücklich!"

Diese Liebesgeschichte hat kein Happy End, denn als wir planten, zusammenzuziehen, ging die Beziehung auseinander.

Wir trennten uns Anfang April 2004, obwohl wir einander immer noch liebten, aber es gab doch zu vieles, was ein gemeinsames Leben und Wohnen verhinderte.

Ein Teil meines Herzens wird sie wohl immer lieben, denn sie war ein sehr wichtiger Mensch in meinem Leben.

Fünf Monate später zog ich aus der gemeinsamen ehelichen Wohnung aus und lebe seither als Single.

In all den Jahren habe ich nie eine negative Reaktion meiner Umwelt erfahren.
Jeder sieht mich als das, was ich bin: Eine Frau, auf die man sich verlassen kann, die ein offenes Ohr für ihre Mitmenschen hat, die Herz hat und Gefühle zeigt und lebt.
Ich habe erfahren, wie wichtig es ist, sich selbst zu leben, authentisch zu leben.

Wenn ich zurückblicke, bin ich unendlich dankbar für alles, was ich erleben durfte.
Erst durch sie habe ich erkannt, wer und was ich wirklich bin.
Sie hat mich wachgeküsst aus meinem Dornröschenschlaf.
Durch sie konnte ich Altes hinter mir lassen und neue Wege gehen.
Durch sie habe ich mich selbst gefunden.

Dafür bin ich ihr unendlich dankbar!

Bettina & Jess

37/24 Jahre
3 Kinder (6, 14 und 16 Jahre)
Kindergärtnerin und Pädagogin
Schleswig-Holstein

Verzaubert – Mein Coming-out

Ich befand mich gerade in einer beruflichen Weiterbildung. Noch ahnte ich nicht, dass es der Anfang eines völlig neuen Lebens werden sollte. Ich glaube, hätte mir jemand zu diesem Zeitpunkt gesagt, was alles auf mich zukommt, ich wäre wohl davongelaufen. Ich weiß bis heute nicht, woher ich den Mut und die Kraft nahm, diesen Weg zu gehen.

In meiner Weiterbildung gab es eine Frau, die ich zehn Monate lang kaum wahrnahm. Wie ich später von ihr erfuhr, versuchte sie immer wieder, mit mir ins Gespräch zu kommen. Doch obwohl ich sie sehr sympathisch fand, war ich immer sehr kurz angebunden. Irgendwann ergab sich ein Gespräch mit ihr, bei welchem sie mir zu verstehen gab, dass sie lesbisch ist.

Diese Art von Lebensform hatte ich bis dahin nie mit mir selbst in Verbindung gebracht. Habe nie überhaupt über gleichgeschlechtliche Beziehungen nachgedacht. Mir war all das so fremd, so fern. Ich (35) lebte mit meinem Mann, mit dem ich fünfzehn Jahre verheiratet war, und meinen drei Kindern (14, 12 und 4) in einem kleinen, idyllischen Dorf. Dort waren wir beruflich eingebunden. Ich war in der Kirche engagiert und wir hatten viele Freunde. Wir schienen eine perfekte Familie zu sein. Das wären wir vielleicht auch gewesen, wenn ich nicht ständig auf der Suche gewesen wäre. Irgendetwas fehlte mir. Ich fühlte mich nie wirklich ausgefüllt. Fragte mich oft, ob es wirklich Liebe ist, was ich für meinen Mann empfand. Heute weiß ich, es war eine andere Art von Zuneigung. Diese tiefe Liebe, die mich erfüllt, die mir die Antwort auf meine jahrelange Suche gibt, die mir zeigt, wer ich wirklich bin, die mein ganzes Leben ändert, erfuhr ich erst am Tag unserer Prüfung.

Es folgte abends eine ausgelassene Feier. Ich spürte auf einmal eine Wärme, eine Sehnsucht nach ihrer Nähe. Sie wirkte plötzlich atemberaubend auf mich. Ich wich ihr nicht mehr von der Seite. Irgendwann sah sie mir während eines Spieles ganz tief in die Augen. Ich war wie in ihren Bann gezogen, ich war verzaubert, in mir explodierte ein ganzes Feuerwerk. Meine Gefühle waren ein völliges Durcheinander. An diesem Abend fuhr ich wie in Trance nach Hause – und war verändert.

Sie, diese Frau, die ich monatelang ignoriert hatte – Jess – ging mir nicht mehr aus dem Kopf. Ich hatte mich das erste Mal im Leben wirklich verliebt. Dieses Gefühl zog mir den Boden unter den Füßen weg. Nach vielen Telefonaten gestand ich ihr meine Gefühle. Es ging ihr ebenso. Ich konnte nur noch an sie denken, war süchtig nach ihr. Drei Monate hielten wir unsere Liebe geheim. Ich besuchte sie so oft wie möglich. Die Abschiede und die Ungewissheit, wann ich sie wiedersehen würde, waren die Hölle. Mein Leben zu Hause, neben meinem Mann, war für mich besonders schwer. Dieses Doppelleben, diese Lügen ... ich verachtete mich dafür. Ich schämte mich, wollte meine Familie nicht zerstören und meinen Mann nicht verletzen.

Ehe ich dazu bereit war, die Konsequenzen einer Trennung zu tragen, mich aus meinem alten Leben zu verabschieden, mich meinem Coming-out zu stellen, durchschaute mein Mann mein Doppelleben. Er stellte mich zur Rede. Als ich nicht bereit war, Jess zu verlassen, ihm von meinen Gefühlen erzählte, brach er völlig zusammen. Aus Hilflosigkeit versuchte mein Mann, mich einzuschüchtern und drohte, mir die Kinder wegzunehmen. Allen Freunden im Dorf erzählte er auf ganz schmutzige Art von Jess und mir. Ich litt furchtbar unter den Anfeindungen im Dorf, unter der Ablehnung der Freunde, unter den Trennungsschwierigkeiten der Kinder. Oft dachte ich, ich schaffe das alles nicht mehr.

Doch meine Gefühle für Jess waren so tief, so echt, so stark, dass ich kein Leben mehr ohne sie wollte.

Nur, wenn sie bei mir ist, fühle ich mich vollständig und endlich angekommen. Mit ihr an meiner Seite habe ich den Weg in mein neues Leben gefunden. Wir ließen den Kindern viel Zeit. Nach knapp einem Jahr zog Jess zu uns. Meine Eltern und meine Familie akzeptierten Jess nach einem ehrlichen Gespräch und schlossen sie ins Herz. Auch die Jungs kommen mittlerweile gut mit ihr klar. Bei unserem Kleinen geht sie auch an meiner Stelle zu Elternabenden in den Kindergarten. Ich stelle sie überall ganz selbstverständlich als meine

Partnerin vor und wir gehen auch öffentlich ganz normal mit unserer Liebe um. Ich bin nicht mehr bereit, diese wundervolle, einzigartige Liebe zu verstecken. Es hat sich also all der Kampf gelohnt und wir führen nun ein ganz normales Leben einer Familie – einer Regenbogenfamilie!

Unsere Regenbogenfamilie

Meine Freundin und ich leben mit ihren drei Söhnen (16, 14, 6) in einem wundervollen Dorf in Schleswig-Holstein. Es war sicherlich nicht immer so harmonisch in der Vergangenheit mit uns fünf, wie es jetzt nach zwei Jahren ist. Es war ein ziemlich langer Weg, den wir alle gegangen sind, um dorthin zu kommen, wo wir heute sind. Viele Menschen aus dem Dorf haben uns die Anfangszeit sehr schwer gemacht – hinsichtlich der gleichgeschlechtlichen Beziehung und wegen des Altersunterschiedes.

Meine Freundin und ihr Noch-Ehemann waren sehr gut bekannt in diesem Dorf. Auch die Kinder haben es nicht leicht gehabt. Besonders der Große hatte viele Schwierigkeiten mit mir und meiner Existenz an der Seite seiner Mutter. Erst nach langer Zeit des Aneinandergewöhnens und Grenzenrespektierens sind wir heute eine Regenbogenfamilie.

Wenn die Kinder heute ihren Vater treffen, ist es danach nicht mehr so, dass verachtende Blicke von den Jungs kommen. Im Gegenteil, der Vater hat seine Position und ich, als Partnerin eben, habe meine und ich bin sehr glücklich darüber. Denn darauf haben wir immer hingearbeitet. Wir leben ein Leben wie jeder andere hier. Wir möchten da auch keine Unterschiede haben, wir sind nicht schlechter als alle anderen. Wir sorgen uns wie „normale" Familien, wir arbeiten wie „normale" Familien und sind glücklich wie alle anderen.

Sicherlich ist es für die Jungs wichtig, regelmäßigen Kontakt zu ihrem Vater zu haben. Es gibt eben auch Dinge, die wir als Frauen nicht zu wissen haben – „Männerdinge" – und das ist besonders in der Pubertät auch sehr verständlich. Trotzdem haben auch wir immer ein offenes Ohr für die Probleme der Jungs und geben ihnen die Sicherheit der Gemeinschaft. Ich hätte damals nicht daran geglaubt, jemals eine so wunderbare Familie zu haben. Ich hatte mein Coming-out mit siebzehn Jahren, seitdem habe ich offen lesbisch gelebt. Meine Freundin hat sich zu mir bekannt, vor ihren Freunden, ihrer Familie und im Job. Es war ein großer und mutiger Schritt und ich ziehe noch heute den Hut vor ihr. Ich liebe sie sehr und auch die Jungs sind ein Teil von mir geworden. Und manchmal, wenn man den coolen „Großen" zu seinen Kollegen sagen hört: „Warte, ich muss mal eben meine Eltern fragen", weiß man, dass sich all die Arbeit und Nerven gelohnt haben.

Ich möchte meine große Liebe und ihre Kinder nicht mehr missen.

Hannah

41 Jahre
1 Kind (12 Jahre)
Hamburg

Es war ein kalter Tag an der Ostsee, der Wind blies mir ins Gesicht.

Seit Stunden war ich nun schon am Strand unterwegs, in der Hoffnung, meinen Kopf endlich freizubekommen. Ich suchte nach Antworten. Würde ich sie endlich finden oder wie sollte es weitergehen?

Alles fing damit an, dass meine Tochter zum Ballettunterricht wollte. Ich sprach mit der Lehrerin und meine Knie wurden zu Gummi, mein Herz pochte und in meinem Bauch kribbelte es wie verrückt. Was um Gottes Willen war das denn??? Ich wollte nur noch weg, stammelte irgendwas und verließ fluchtartig den Raum. Ich ging in das nächste Café und

71

bestellte mir erstmal eine Latte Macchiato. Menno, was war das denn? Mein Herz pochte noch immer und wollte sich nicht beruhigen. Ich grübelte noch ein wenig, wusste aber nichts damit anzufangen, nahm mir eine Zeitung und die Gedanken verloren sich in den Buchstaben.

Nach einer Stunde holte ich meine Tochter wieder ab und alles war vergessen, bis … ja, bis ich sie wiedersah. Da fing alles wieder an. So ging es dann jeden Dienstag, Woche für Woche, Monat für Monat. Diese Gefühle verfolgten mich und ließen sich nicht abschütteln. Ich wusste einfach nicht, was mit mir los war. Ganz hinten in meinem Köpfchen kam der Gedanke hoch, dass ich verliebt war. Aber das ging doch gar nicht. Ich ließ diesen Gedanken nicht zu, ich wollte es einfach nicht. In dieser langen Zeit wurde ich immer kränker. Eine Erkältung jagte die nächste und essen konnte ich auch fast nichts mehr. Ich nahm in dieser Zeit ca. zehn Kilo ab und das bei einem Gewicht von fünfundfünfzig Kilo. Meinem Mann fiel das nicht auf, keinem fiel das auf – oder vielleicht doch? Ich wurde immer verschlossener, funktionierte wie eine Marionette und war völlig verzweifelt. Auf die Idee, mit jemandem darüber zu sprechen, kam ich nie. Leider! Hätte ich damals den Mut dazu gehabt, wäre mir und allen anderen vielleicht viel Leid erspart geblieben.

Als ich dann endlich den Gedanken zuließ, wollte ich mir Hilfe holen. Und wo fängt man da am besten an …? So stöberte ich im Internet und kam schließlich auf die Seite von IsaRion.

Dort konnte ich nun endlich meine Gedanken loswerden und ich wurde verstanden.

Meine Hände flogen nur so über die Tasten, alles, was sich angestaut hatte, kam nun raus.

Ich wusste gar nicht, dass es so vielen Frauen ähnlich erging wie mir. Ich bekam ganz viel Zuspruch, Erkenntnisse und Ratschläge.

Den ersten Ratschlag nahm ich auch gleich an und sprach mit ihr. Es kam nicht unbedingt die Reaktion, die ich erhofft hatte, ich zog mich zurück und beendete den Kontakt zu ihr.

Über diese nun veränderte Situation halfen mir wieder die Frauen bei IsaRion hinweg.

Mit einer Frau verband mich von Anfang an etwas Besonderes. Das merkte ich bei den Beiträgen sowie an den privaten Nachrichten, die wir uns mittlerweile sehr oft schrieben. Ich wartete schon auf Post von ihr und verbrachte bald sehr viel Zeit am PC. Unser Band wurde so stark, dass mein Herz schon wie verrückt klopfte, wenn ich ihren Namen las. Wir schrieben uns die Finger wund, bis wir endlich zum Telefon griffen. Da wurde dann aus Herzklopfen ein Herzrasen und mir wurde klar, dass ich mich total in diese Frau verliebt hatte.

Kurze Zeit später trafen wir uns dann endlich. Sie kam mit dem Zug aus Berlin und ich mit der U-Bahn zum Hauptbahnhof. Beide waren wir total aufgeregt und unser erster Weg führte uns direkt an die Bar zu unserem ersten Glas Sekt.

Dies alles geschah vor dreieinhalb Jahren und trotz Fernbeziehung wurden unsere Gefühle immer stärker und intensiver.

Sie hat mir über die schwierige Zeit des Outings hinweggeholfen. Mein Mann schnüffelte mir in dieser Zeit im Netz hinterher und entdeckte, auf welcher Seite ich mich aufhielt. Er hatte nichts Besseres zu tun, als zu meinen Eltern zu gehen und ihnen zu sagen, dass ihre Tochter eine Lesbe sei. Als ich die Reaktionen meiner Eltern zu spüren bekam, brach für mich eine Welt zusammen. Sie wollten mir meine Tochter wegnehmen und mich in eine Klinik einweisen, um mich heilen zu lassen, da ich behindert und krank wäre. Sie brachen den Kontakt zu mir ab und hatten keine Tochter mehr, obwohl wir damals noch in einem Haus wohnten.

Mein Mann zog zu diesem Zeitpunkt sehr schnell aus, blieb aber immer als bester Schwiegersohn an der Seite meiner Eltern.

Ohne die Kraft und die Liebe zu meiner Freundin hätte ich diese schwierige Zeit nie überstanden. Sie gab mir das Gefühl, doch noch etwas wert zu sein.

Ein Lichtblick in dieser Zeit war meine Tochter. Mit völliger Selbstverständlichkeit akzeptierte sie meine neue Liebe und meinen neuen Weg. Sie mag meine Freundin sehr und die Töchter meiner Partnerin sind für sie ihre Halbschwestern.

Ich bin unheimlich stolz auf meine Tochter, denn für sie zählt nur die Liebe.

Nun stehe ich hier wieder am Strand, der Wind legt sich und wird immer stiller, die Sonne bahnt sich ihren Weg durch die Wolken und wärmt mich langsam auf. Dreieinhalb Jahre im Kopfkino. Mittlerweile kann ich mich so akzeptieren, wie ich bin, und stehe offen zu meiner Liebe.

Schade ist nur, dass meine Eltern es noch nicht können, aber ich bin zuversichtlich, dass ich das auch noch schaffe, denn dann hätte sich in meinem Lebenspuzzle ein weiteres wichtiges Teil an den richtigen Platz gesetzt. Vielleicht bald, wenn die Sonne für mich am Himmel noch kräftiger scheint.

Sonnenschein

so hast du mich genannt und du
warst mein Regenbogen
45 Jahre
3 Kinder (10 Jahre und
2 erwachsene Kinder)
Angestellte im sozialen Bereich
Bayern

Eine Geschichte ohne „glückliches Ende".

Sonnenschein,
so hast
Du mich genannt
und Du warst mein
Regenbogen!

Geboren bin ich in einer erzkatholischen Gegend, mitten
im Herzen Bayerns. Ich wurde sehr streng katholisch erzogen, was manchmal für meine damaligen Begriffe zu viel des
Guten war. Das Bild einer glücklichen Familie prägte meine
Kindheit und Jugend. Meine Mutter war wirklich die beste

75

Mutter, die ein Mensch sich wünschen kann, sie hat sich um alle gesorgt, gekümmert, sie ging auf in ihrer Rolle als Ehefrau und Mutter. Als Mittlere von fünf Kindern wuchs ich auf einem Bauernhof auf. Ich war schon immer die Lebhafteste, so wurde mir zumindest oft von den verschiedensten Menschen bestätigt. Mit vierzehn Jahren lernte ich meinen zukünftigen Ehemann kennen und mit achtzehn Jahren haben wir bereits geheiratet. Damals war ich verliebt in meinen Mann.

In meiner Erziehung von Kindheit an galt es als das Wichtigste und Erstrebenswerteste, einmal einen Ehemann zu haben, Kinder zu bekommen, ein eigenes Haus zu bauen – und ja, auch glücklich bis zum Lebensende so leben zu können.

Wir bekamen drei gemeinsame Töchter. Das war meine glücklichste Zeit, die Kinder aufwachsen zu sehen, die Liebe in ihren Augen zu sehen, ihre Freude, ihre ersten Schritte zu beobachten, diese Zeit möchte ich niemals missen. Doch irgendwann war das alles nicht mehr genug und ich fühlte eine immer größer werdende Sehnsucht in mir nach etwas noch nicht in Worte Fassbares.

Mein Mann erkrankte von einem Tag zum anderen sehr schwer. Er hatte einen Gehirntumor und musste zweimal operiert werden. Ab dieser Zeit veränderte er sich sehr und begann immer mehr Alkohol zu trinken. Er wurde ein anderer Mensch! Er war nicht mehr der Mann, in den ich mich verliebt hatte.

Der nächste Schicksalsschlag ließ nicht lange auf sich warten, als meine geliebte Mutter nach schwerer Krebserkrankung mit siebenundsechzig Jahren verstarb. Das war etwas, was mich sehr traf, was mir den Boden unter den Füßen wegzog. Ein Trauerprozess begann und ein Denkprozess setzte ein, der nicht mehr zu stoppen war. Ich hatte viele offene Fragen nach dem Sinn des Lebens, immer wieder dieselben Gedanken. Das kann doch nicht alles gewesen sein. Was erwarte ich mir noch vom Leben? Ich wollte doch nur wieder lachen, leben, lieben, glücklich sein ...

Ich fühlte immer stärker, wie unglücklich ich war, wie sehr mir etwas ganz Wichtiges zum Leben fehlte. Nur in Worten benennen konnte ich es damals noch nicht.

Im Jahr 2002, ich war gerade vierzig Jahre alt geworden und besuchte einen Kurs zum Wiedereinstieg in den Beruf, wurde langsam alles etwas klarer in mir.

Es begann während einer Reise nach Berlin, die ich zusammen mit meiner besten Freundin unternahm. Wir kannten uns seit unserer Jugend, waren seit über fünfundzwanzig Jahren beste Freundinnen, teilten alles miteinander, Freude und Leid, weinten und lachten über dieselben Dinge. Wir hatten dort wie schon auf anderen Reisen zuvor ein Doppelzimmer. Später, einige Zeit nach der Reise gestand mir meine Freundin, dass sie dort zum ersten Mal den Wunsch verspürt hatte, mich zu küssen, mit mir zu schlafen. Sie sagte auch, sie habe mit mir geflirtet, nur hätte ich das nicht gemerkt. In dieser Nacht hatte sie sich an mich gekuschelt ...

Erzählt hat sie mir davon Wochen später, als es dann wirklich passierte. Sie, bereits etwas angeheitert, fragte mich, ob ich mit ihr schlafen möchte, und küsste mich. Und ja, ich wollte es auch, wollte wissen, wie es ist, eine Frau zu lieben. Und es war schön! Es war viel schöner als mit meinem Mann, niemals vergleichbar. Es war viel weicher, zärtlicher, erotischer, intensiver, gefühlvoller und ab da war es in meinem Kopf drin. Liebe ich vielleicht Frauen? Ist es das, wonach ich mich sehne, bin ich frauenliebend?

Am nächsten Morgen, als ich mit ihr über unser nächtliches Erlebnis sprechen wollte, blockte sie zunächst ab. Sie war etwas verkatert. Ich stand da, Schmetterlinge im Bauch, und sie sagte ganz kühl: „Das heut Nacht, das war schön, aber ich liebe dich nicht. Ich wollte bloß wissen, wie es ist, mit einer Frau zu schlafen. Es war erotisch und schön, aber lieben tu ich dich nicht. Das weiß ich jetzt. Du bist meine beste Freundin, ich hab dich mehr lieb als jeden anderen Menschen, den ich kenne, aber ich denke, ich kann nicht lieben, weder Frau noch Mann. Ich brauche den Reiz des Neuen, ich brauche Sex, ich brauche Männer, ich mag harten Sex und bin nicht die Frau für Romantik." So ähnlich waren ihre Worte damals.

Ich war traurig und enttäuscht, denn ich war verliebt in sie, so richtig, und hätte das noch viel öfter erleben wollen. Es war genau das Weiche, Zärtliche, was mich völlig in den Bann zog.

Immer stärker kamen Gedanken in mir hoch. Ich sah immer klarer und es fiel mir wie Schuppen von den Augen: Ja, ich liebe Frauen! In der ersten Klasse, die Lehrerin, eine junge, hübsche Frau, ich weiß sogar den Namen noch, sie war es, in die ich das erste Mal verliebt war. Dann in der dritten Klasse wieder eine Lehrerin, danach Freundinnen in der Schule, da war immer schon etwas in mir, was ich nur damals nicht sehen konnte und verdrängt habe.

Auf einmal war auch da die Erinnerung wieder da, wie aus dem Nichts, meine Freundin und ich, ich war frisch verheiratet, mein Mann war damals viel dienstlich im Einsatz, sie war oft übers Wochenende bei mir.

Schon damals war ich verliebt in sie, auf einmal wusste ich das wieder, wir hatten auch geknutscht und uns gestreichelt, ich war verknallt in sie und sie ein wenig auch in mich, wir schliefen in einem Bett, streichelten uns gegenseitig und wollten wohl beide nicht wahrhaben, was da zwischen uns war.

Noch einige Zeit hatte ich an der Enttäuschung, welche das mit meiner Freundin Erlebte nach sich zog, zu knabbern, aber ich machte mich gleichzeitig auch auf die Suche nach der Frau für mich, um endlich Gewissheit zu bekommen.

SIE tritt in mein Leben

Meine Suche begann im August 2004 mit meiner Anmeldung im Yahoo-Chat. Bereits nach einer Woche, die ich im Frauenchat schrieb, war ich sehr enttäuscht von diesen sogenannten Frauen. Ist schon Wahnsinn, was sich dort alles für sonderbare Menschen herumtrieben. Ich wurde angeschrieben, um Telefonsex gebeten, Sex vor der Kamera, erotisches Schreiben mit mir wildfremden Frauen, es war verrückt und ich wollte fast schon wieder verschwinden, weil mir das alles zuwider und zu eklig war. So etwas wollte ich nicht. Es war einfach nicht das, was ich für mein Leben suchte. Dann an einem Samstagnachmittag, das weiß ich noch genau, im Chatroom für Frauen las ich einen Nick, der sehr ungewöhnlich klang und der meine Neugierde weckte. Ich sah mir daraufhin ihr Profil etwas näher an. Mir gefiel, was ich las, und deshalb hab ich sie im Chat angeschrieben. Sie war sofort supernett und es stellte sich heraus, dass sie nur dreißig Kilometer von mir entfernt wohnte.
Wir tauschten darauf hin viele Mails aus, chatteten, was das Zeug hielt, telefonierten und lernten uns schnell immer mehr kennen und alles, was ich sah und hörte von ihr, machte mich neugierig auf noch mehr.
Nach einer Woche fragte sie mich, ob wir uns nicht mal

treffen könnten, sie würde mich sehr gerne zu sich nach Hause einladen.

Sie schrieb mir, dass sie keine feste Beziehung mehr möchte, dass sie bisher allen am Ende nur wehgetan habe und deswegen immer gegangen sei. Sie habe für sich beschlossen, Single zu bleiben und nur ihren Spaß zu haben. Deswegen sei es auch nicht gut, wenn ich mich in sie verlieben würde, denn sie würde ihrerseits keine Gefühle mehr zulassen. Sie möchte mir nicht wehtun und deswegen solle ich überlegen, ob ich mich auf das Spiel mit dem Feuer einlassen möchte.

Ja, ich wollte mich auf dieses „Spiel mit dem Feuer" einlassen, ich wollte wissen, ob ich eindeutige Antworten auf all meine Fragen in mir finde. War ich frauenliebend oder war das mit Maria nur ein Ausrutscher?

Vieles wollte ich klären für mich, wissen für mich und so verabredeten wir uns für den 16. August 2004 in ihrer Wohnung.

Ich fuhr schon eine Stunde vor dem geplanten Treffen los, besorgte noch Blumen in der Gärtnerei und machte mich dann auf den Weg zur angegebenen Adresse. Vor dem Haus sah ich sie schon stehen. Sie ist groß, hat schwarze kurze Haare und sie sieht sehr gut aus. Das waren meine ersten Gedanken damals. Mit wackligen Knien stieg ich aus dem Auto.

Ich sehe das Bild heut noch vor mir, als ich zum ersten Mal die Wohnung betrat, da stand der blaue Gartentisch. Er war wunderschön gedeckt mit Tischdecke, Kerzen und überall waren frische Rosenblätter verteilt. Daneben standen die Gartenstühle mit den Polsterauflagen drauf. Alles sah sehr einladend aus.

Ich war sprachlos und schüchtern zugleich, sah, welche Mühe sie sich für mich gemacht hatte und es roch sehr gut aus der Küche. Ich überreichte ihr die Blumen, es waren lachsfarbene

Rosen gebunden zu einem Strauß. Sie öffnete eine Flasche Sekt und wir stießen an auf einen schönen Abend. Das Essen war vorbereitet und sie servierte es. Ehrlich gesagt, weiß ich nicht mehr so genau, was ich an diesem Abend aß, es war etwas Thailändisches und es war sehr gut, ja, aber ich war viel zu aufgeregt, um das Essen wirklich genießen zu können. Wir redeten, erzählten, lachten und es war von Anfang an, als kannten wir uns schon ewig. Wir hatten viele gemeinsame Interessen, fast die gleichen Hobbys, es war eine Harmonie da, kein Fremdsein, keine Sekunde hatte ich Angst, war nur ein wenig befangen. Sie war seit zehn Jahren geschieden, hatte Frauenbeziehungen hinter sich und ich war das Küken, die Unerfahrene. An Jahren war ich ihr zwar überlegen, war fast fünf Jahre älter, doch Erfahrung in Bezug auf die Liebe hatte ich so gut wie keine. Die Nervosität war immer da. Nach dem Essen gingen wir auf die Terrasse, um zu rauchen. Sie war auch Raucherin, so gab es zum Glück die Zigarette, die mir ein wenig half, äußerlich die Ruhe zu bewahren.

Es war ein wunderschöner Sternenhimmel und wir standen draußen, redeten und sie deutete dann nach oben und fragte, ob ich diesen einen wunderschönen Stern schon bemerkt hätte. Ich schaute nach oben, wusste nicht, welchen sie meinte, wollte sie fragen, plötzlich stand sie vor mir und küsste mich auf den Mund, erst ganz behutsam und sanft. Es war weich, es war zärtlich, es war so wunderschön, sie zu fühlen, ihre Lippen auf meinen Lippen und es war unbeschreiblich für mich. Das erste Mal in meinem Leben dieses Gefühl, dieser Kuss. Ich hatte weiche Knie, wirklich, lehnte mich an das Geländer. Mir wurde ganz schwummerig, alles flatterte im Bauch, der Magen hüpfte, es war wie ein Schweben auf den Wolken.

Wir küssten uns immer weiter und sie flüsterte dann in mein Ohr, ob wir nicht lieber reingehen, dort wäre es viel bequemer, aber nur, wenn ich das auch wirklich möchte, ich solle es ihr ruhig sagen, sie wolle mich zu nichts drängen. Ich nickte nur und wir küssten uns noch intensiver. Am liebsten hätte ich nie mehr aufgehört. Ich ließ mich küssen, ließ sie erforschen, und dann küsste ich zaghaft zurück, erforschte ihren Mund. Es war der erste richtige Kuss für mich, der wohl intensivste, schönste Kuss meines Lebens.

Wir hatten für unseren ersten Abend ein Motto vereinbart: Alles kann, nichts muss.

Es musste wirklich gar nichts, wir waren uns so vertraut, alles geschah mit so einer tiefen Zärtlichkeit, mit einer Selbstverständlichkeit. Ich war noch sehr schüchtern, ja, aber es waren keine Fragen zwischen uns, es geschah alles wie von selbst. Wir ließen uns mitreißen, es war so … ohne Worte. Liebe auf den ersten Blick, würde ich für mich im Nachhinein dazu sagen.

Sie sagte zu mir, wir Frauen brauchten keine Erfahrung, wir seien Naturtalente. Dieser Satz hat sich mir für immer eingeprägt, so viel Wahres beinhaltet er für mich.

Der erste Mensch, dem ich von meinem Glück, von meiner Verliebtheit erzählte, war natürlich meine Freundin. Schon auf dem Nachhauseweg rief ich sie mit dem Handy an und erzählte von meiner Frau, von den tiefen Gefühlen, die ich empfand. Meine Freundin reagierte anders als erwartet, sie war milde gesagt geschockt und sagte immer nur: „Das verkraftet unsere Freundschaft nicht. Du hast ja jetzt eine andere Frau, der du alles erzählen kannst. Unsere Freundschaft wird daran zerbrechen."

Ich hätte mit so einer Reaktion niemals gerechnet, eher hoffte ich auf Verständnis, hoffte darauf, dass sie sich mit mir freuen würde, mir zur Seite stünde. Ich dachte, sie freut sich und sagt, sie möchte diese Frau, die mir so viel bedeutet, auch gerne kennenlernen, aber nein, es war ganz anders.

Ich schrieb damals ein Gedicht, es waren meine Gedanken, ich schickte es ihr mit einem langen Brief, in dem ich sie bat, einzulenken, und sie daran erinnerte, wie lange unsere Freundschaft Bestand hatte ...

Verständnis?

Liebe Maria, bitte zwing mich nicht, mich zu entscheiden!
Ich will nicht noch mehr leiden.
Die Birgit ist die Frau, die ich sehr lieb hab,
Du bist meine beste Freundin, die ich mehr als nur mag.
Dich kenne ich schon fast mein ganzes Leben,
wir gingen noch nie getrennte Wege.
Die Birgit kenne ich jetzt drei Monate und doch lieb ich sie schon sehr,
ich will mir nicht mal vorstellen, wie mein Leben wieder ohne sie wär!
Ich bitte Dich einfach, versuch mich zu verstehen,
Du sollst nicht immer mit dem Ende unserer Freundschaft drohen, nicht damit, von mir zu gehen.
Du bist meine liebste und einzige Freundin, die ich habe,
und glaub nicht, dass ich das jetzt einfach nur so sage.
Du warst in all der Zeit unserer Freundschaft schon ein paar Mal in einen Mann verliebt,

ich hab nie gesagt zu Dir, unsere Freundschaft hält das nicht aus, bei mir hatte und hat unsere Freundschaft immer Bestand und über alle Sorgen und Ängste gesiegt.

Ich habe Dir nie Vorwürfe deswegen gemacht,
nein, ich war da für Dich, wenn Du es wolltest, hab mit Dir geredet, wir haben zusammen gelacht.

Deswegen bitte ich Dich heute sehr,
bitte erpress mich mit „dem Ende unserer Freundschaft" nie, nie mehr.

Ich hab Probleme genug im Moment, wegen meinem Leben,
so wie es ist, da musst Du, meine beste und liebste Freundin, nicht mich niedermachen und in mich einreden.

Ich hab Dich sehr lieb,
das weißt Du und deswegen hoffe ich einfach, dass Du mich genauso lieb hast, und mir ein wenig Verständnis entgegenbringst,
und nicht nur immer drohst, oder um Vernunft und Verständnis für mich ringst.

Akzeptier es endlich bitte so, wie es ist,
und kapier einfach ein für alle Mal, dass Du meine einzige Freundin bist.

Das ist etwas so Wunderbares,
etwas für mich schon immer ganz Klares,
es braucht keine Fragen,
wir müssen nichts sagen.

Bitte versteh mich einfach und hilf mir, wenn ich Dich brauche,
sei da für mich,
denn ich bin auch immer, wenn Du mich brauchst, da für DICH!!!

Zwei wunderschöne Jahre lang hielt meine Beziehung zu Birgit. Sie war die Frau, die ich wirklich liebte, so sehr liebte, dass ich fast daran zerbrochen wäre. Ich fühlte mich nirgendwo mehr hingehörend, nur noch zu ihr. Ich zog mich zurück von allen anderen Menschen, verkroch mich immer mehr in meinem Schneckenhaus. Birgit sagte oft: „Du musst reden mit jemandem." Aber ich konnte es nicht. Immer wieder verbrachte ich ein Wochenende bei meiner besten Freundin und wollte, dass sie begreift und akzeptiert, dass ich zwar Birgit liebte, aber sie als Freundin nicht verlieren wollte. Maria begriff überhaupt nichts, machte mir nur immer noch mehr und schwerere Vorwürfe. Von Mal zu Mal wurden unsere Treffen schwieriger und wir stritten oftmals. Sie war verbohrt und sträubte sich immer noch mehr, Birgit kennenzulernen, und ich wusste nicht mehr, was ich tun sollte, um es zu ändern. Ich veränderte mich, wurde ruhig, in mich gekehrt, ließ niemanden mehr meine wahren Gefühle erkennen. Ich wurde depressiv, auch der Gedanke, nicht mehr leben zu wollen, war da, und so suchte ich mir Hilfe bei einem Psychologen. Ich kam einfach nicht mehr klar mit mir und meinem Leben. Es hatte mich aus der Bahn geworfen, ich hatte mich selber ins Abseits gestellt und fand keinen Weg zurück in ein anderes Leben.

Ich war in dieser Zeit nicht mehr ich, alles war falsch und alles hab ich kaputt gemacht. Ich hasste mich selber dafür, was ich angerichtet habe mit meinem Nicht-entscheiden-Können. Ich war so sehr verletzlich, egal um was es ging, sei es beruflich oder auch die Kinder, jede Kleinigkeit hat mich in Tränen ausbrechen lassen. Ich, die früher eine unheimlich starke Frau war, die immer für alles eine Lösung hatte, die Tränen immer als Zeichen von Schwäche ansah, mich gab es nicht mehr.

Ich wollte nichts mehr als ein Leben mit Birgit, aber wir schafften es nicht. Ich stand mir selber zu sehr im Weg mit meinen Ängsten, die mich gefangen hielten und nicht mehr losließen. Zwei Jahre sind wir nun getrennt voneinander und ich liebe sie heute noch so sehr wie damals. Sie hat für immer einen Platz in meinem Herzen. Es war eine Seelenliebe und ich trage sie für immer bei mir!

Die Freundschaft zu Maria – gibt es sie noch? Nie zuvor war mir eine Freundschaft so wichtig wie diese! Das letzte Jahr habe ich gegen mich selbst gekämpft, wollte es einfach schaffen, die Freundschaft wieder zu leben, alles andere nach hinten zu drängen, zu vergessen …, aber ich schaffte es einfach nicht. Ich merkte immer mehr, wie sehr es mich aufrieb. Es stand etwas zwischen uns, etwas, was ich nicht vergessen konnte. Dabei wollte ich doch nur, dass sie die Frau, die ich liebte, kennenlernt, und das war ihr nicht möglich. Wir haben uns viel gestritten, aneinander vorbei geredet und oft habe ich versucht, ihr meine Gedanken begreiflich zu machen, ihr zu sagen, wie sehr ich sie und ihre Unterstützung gebraucht hätte, doch sie konnte oder wollte es einfach nicht begreifen. Unsere Freundschaft wurde oberflächlich, die Offenheit und das Vertrauen fehlten. Ich weiß nicht, ob es noch einmal anders wird. Ich würde mir wünschen, alles vergessen zu können, unserer Freundschaft noch einmal eine Chance zu geben, aber ob es mir jemals möglich ist? Ich hoffe es.

Miss März

36 Jahre
1 Kind
Med.-tech. Laborassistentin
(Vollzeit)
Berlin

Coming-out – Was ist Coming-out? Wann beginnt ein Coming-out? Beginnt es in dem Moment, wo man beginnt, sich selbst gegenüber ehrlich zu sein? Oder beginnt es dann, wenn man erste öffentliche Äußerungen darüber macht, dass man das eigene Geschlecht auch ganz interessant findet? Oder kann man erst dann vom Coming-out sprechen, wenn man ganz offiziell und öffentlich bekannt gibt, dass man homosexuell ist? Oder vielleicht erst dann, wenn man das Wort homosexuell überhaupt öffentlich aussprechen kann – und das auf seine eigene Person bezogen – bzw. noch besser das L-Wort benutzt?
Tja, Fragen über Fragen!

Ich versuchte oft, diese Fragen für mich zu beantworten und fand nicht heraus, was zu einer Coming-out-Geschichte gehört und was nicht. Das Einzige, was ich hier tun kann, ist eine Begebenheit aus meinem Leben zu erzählen, die alles für mich geändert hat.

Angefangen hat mein langer Weg zu mir und meiner Identität als Lesbe bereits in meiner Jugend. Das ist heute bereits einundzwanzig Jahre her. Ich bin diesen Weg mit vielen Umwegen und Abzweigungen gegangen und habe dabei Scheuklappen (gesellschaftliche und familiäre) getragen, so dass ich nicht sehen konnte, was sich links und rechts des Weges befand. Auch ging ich wohl davon aus, das Ziel befände sich irgendwo geradeaus und sei gut sichtbar.
Immer spürte ich, dass irgendetwas fehlte. Was war es nur? Als Teenager war ich doch so glücklich. Wo war dieses Glück hin?
Das Offensichtliche lag vor mir und ich sah es nicht. Oder unterdrückte ich es unbewusst aus Angst vor den Konsequenzen? Scheute ich das Unausweichliche wegen der Meinung der anderen?

Das Offensichtliche hatte ich mit vierzehn Jahren eigentlich gefunden. Heute weiß ich das. Aber mit vierzehn ist man unsicher und unwissend. Ich wusste nichts über Homosexualität, hatte dieses Wort zu diesem Zeitpunkt noch nie gehört. Im damaligen Ost-Berlin, wo ich aufwuchs, gab es offiziell keine Homosexuellen. Alle lebten brav in einer Familie zusammen oder als alleinerziehende Mütter.
Das Offensichtliche war meine beste Freundin, die für mich mehr war als nur eine Freundin. Wir hegten überaus zärtliche Gefühle füreinander und bis zu einem gewissen Punkt

lebten wir diese auch aus. In den Ferien, als ich zu meinen Großeltern nach Sachsen reiste, schrieben wir uns fast täglich innige Liebesbriefe und auch zu Hause verliehen wir unseren Gefühlen schriftlich Ausdruck. Diese Briefe wurden mit rotem Schleifenband zusammengebunden und viele Jahre aufbewahrt. Meiner Mutter war diese Mädchenfreundschaft immer ein Dorn im Auge und ich verstand überhaupt nicht, warum. Für mich fühlte sich alles so normal und selbstverständlich an.

Irgendwann, mit fünfzehneinhalb, lernte ich dann meinen späteren Mann kennen, trennte mich von meiner Freundin und begann eine Beziehung mit ihm. Diese Beziehung sollte viele Jahre halten und viele Höhen und Tiefen erleben. Nach vier Jahren Beziehung, inklusive einer Trennung und meiner reumütigen Rückkehr, heirateten wir. Ich war damals zarte neunzehn Jahre, wollte seine Frau werden, aber tief in meinem Herzen schlummerte dieses Gefühl, welches mir sagte, dass es falsch war, was ich tat. Schon Wochen vor der Hochzeit wusste ich, dass ich den größten Fehler meines Lebens machen würde. Aus Angst vor den Reaktionen der Familie, dem vermeintlichen Ärger mit meiner Mutter und dem Gefühl, alle würden gucken und mit dem Finger auf mich zeigen, konnte ich diese Entscheidung nicht rückgängig machen. So nahm mein Leben den Lauf, den ich für vorbestimmt hielt. Ich bekam nach ein paar Jahren einen Sohn und machte meine Mutter zur glücklichsten Oma der Welt.

Aber dieses Gefühl, dass irgendetwas fehlte, war nach wie vor in mir. Die Geburt des Kindes hatte dieses Gefühl noch mehr verstärkt. Und ich begab mich auf die Suche, nur leider trug ich Scheuklappen. So suchte ich nach Erfüllung in sinnlosen Affären.

Leider hatte ich die Briefe meiner Freundin nicht mehr, vielleicht wäre ich dann schon ein paar Jahre früher aufgewacht. Diese Briefe waren auf Aufforderung meines Mannes und wegen mangelnden Widerstandes einer Hochschwangeren beim Einrichten des Kinderzimmers dem Müll zum Opfer gefallen. Das Gefühl des Schmerzes beim Wegwerfen der Briefe hätte mich aufmerken lassen sollen!

Aber der allgemeine tägliche Kampf zwischen Männern und Frauen ließ mich immer mehr erkennen, dass, sollte ich irgendwann einmal den Mut aufbringen, mich scheiden zu lassen, ich mein Leben nur noch mit einer Frau an meiner Seite verbringen wollte. Frauen riechen besser, sind weicher, verständnisvoller, einfühlsamer, aufmerksamer und vor allem nicht ausschließlich auf Sex aus. Inzwischen hatte ich den Eindruck gewonnen, dass bei Männern zärtliche Zweisamkeit immer damit enden müsste. Es widerstrebte mir zusehends. Nicht, dass ich jemals viel Freude am intimen Miteinander von Männern und Frauen finden konnten, aber mit den Jahren hatte ich gar kein Bedürfnis mehr nach Nähe zu einem Mann. Die ehelichen „Pflichten" vernachlässigte ich mehr und mehr und gab dem Drängen meines Mannes immer seltener nach, was er auch immer wieder kritisierte.

Der erste Schritt war, zu mir zu stehen und mich zu akzeptieren, wie ich bin.

Der zweite Schritt in die richtige Richtung war für mich, dieses Gefühl, mit einer Frau alt werden zu wollen, auch laut zu äußern. Meine Kollegen wussten davon, meine Freundin bemerkte, dass ich beim Tanzen Frauen beobachtete und auch meinem Mann gegenüber äußerte ich, dass nur eine passende Frau für mich ein Grund wäre, ihn zu verlassen. Aber ich wusste nicht, wo ich suchen sollte. Ich wohnte in einer der szeneträchtigsten Städte und sah vor lauter Wald die Bäume nicht. Wie blind muss man denn sein?

Der dritte Schritt war dann alles auf einmal oder bestand auch aus ganz vielen großen Schritten. Das ist wahrscheinlich das, was alle als mein Coming-out bezeichnen würden. Ich traf meine Jugendfreundin wieder und schon beim ersten Treffen – nach zwanzig vergangenen Jahren – bemerkte ich diese verwirrenden Gefühle. Bei allem schriftlichen Austausch zwischen den raren Treffen gab es für mich nur noch einen Gedanken: Bitte lass sie lesbisch sein! In einer Mail kam dann der erlösende Satz, in dem sie von ihrer Ex schrieb. Mein Herz jubelte! Jetzt stand die Entscheidung für mich fest. Für ein Leben mit dieser Frau würde ich alles bis dahin Geltende über den Haufen werfen und endlich den Mut aufbringen, Konsequenzen zu ziehen. Heute weiß ich, dass es nur eine Frage der Zeit war – ich hätte es auch ohne sie getan. Von diesem Zeitpunkt an entwickelte sich alles rasend schnell. Oft hatte ich den Eindruck, die Ereignisse würden mich überrollen.

Ich lud sie zum besten Mojito der Stadt ein, kaufte ihr ein tolles Buch zum Geburtstag und ging mit wahnsinnigem Herzklopfen und dem festen Vorsatz, ihr zu sagen, was ich empfand. Aber auch sie hatte sich eine Überraschung für mich ausgedacht. Sie hatte meine Jungmädchenbriefe, die ich ihr in unserer Jugend geschrieben hatte, dabei. Wir saßen in einem netten Lokal und lasen die Briefe und mir wurde zum ersten Mal im Leben klar, was wir damals empfunden hatten. Sie sagte mir, dass ich ihre erste große Liebe war. Darauf konnte ich sie nur noch in den Arm nehmen. Der Abend war voller überwältigender Gefühle. Wir vergaßen alles um uns herum. Das war Mitte Juli.

In den darauffolgenden Wochen wurde aus dem Bummelzug, den ich zu Beginn meiner Reise bestiegen hatte, ein ICE, der mit mir davonraste.

Drei Wochen später hatte ich meinen Mann bereits über meine Gefühle in Kenntnis gesetzt. Aber noch war ich so blauäugig, dass ich dachte, alles wäre mit Kompromissen zu lösen. Aber ich erkannte schnell, dass es keine andere Möglichkeit geben würde, als sich endgültig zu trennen. Es würde in keinem Fall ohne Verletzung funktionieren. Es war eine schwere, schlaflose und tränenreiche Zeit.

Mit meiner besten Freundin sprach ich vier Wochen später über alles und sie machte mir Mut und versprach, zu mir zu halten, was immer passieren möge (heute ist sie meine einzige Freundin aus meinem erzwungenen Heteroleben).

In Woche fünf wurde meine Schwester über die Veränderung in meinem Leben in Kenntnis gesetzt. Sie weinte, aber sagte, dass ich doch ihre Schwester wäre und Blut schließlich dicker sei als Wasser. Sie bot mir Schützenhilfe für das Gespräch mit unserer Mutter an. Hatte ich bei meiner Schwester schon Angst, mich zu outen, so war meine Mutter für mich der Horror. Ich würde schließlich die heile Familie zerstören, dem Kind den Vater wegnehmen und so weiter.

Nach sieben Wochen hatte ich auch das Gespräch mit meiner Mutter hinter mir. Und es verlief ganz anders als erwartet. Sie hatte immer damit gerechnet, dass ich mich irgendwann von meinem Mann trennen würde. Und die Tatsache, dass ich lesbisch bin, machte ihr nichts aus. Sie machte sich nur Sorgen darum, wie ihr Enkelkind das alles verkraften würde. Auch galt ihre Sorge meiner Karriere und – oh Wunder – der

Karriere meiner zukünftigen Lebensgefährtin. Ansonsten sagte sie nur, ich sei ihre Tochter, was solle sie meinen. Ich solle nur vorsichtig sein, weil die Kooperation meines Mannes auch noch ins Gegenteil umschlagen könne. Damit war das Thema erledigt und wir gingen zur „Tagesordnung" über.

Und wer sich jetzt fragt, was ist mit dem Sohn, wurde der vor vollendete Tatsache gestellt? Nein, wurde er natürlich nicht. Er hatte meine Freundin in dieser Zeit immer mal wieder getroffen und er mochte sie auf Anhieb. Ich erklärte ihm in mehreren Gesprächen, dass ich sie sehr lieb habe und mit ihr zusammen sein möchte, deshalb würde ich mich vom Papa trennen. Das Thema Homosexualität stellte sich nicht wirklich zur Diskussion. Es ist für ihn völlig normal, wir lieben uns eben.

So war alles das, was ich an Outing für nötig hielt, in sieben Wochen erledigt. Alle anderen sahen doch, dass wir zusammengehörten.

Mein Team auf Arbeit hatte bemerkt, dass ihre Chefin verliebt war und ich machte keinen Hehl daraus, dass ich eine Frau liebte. Der Rest der Firma sah auf dem Sommerfest eine glückliche kleine Familie mit zwei Müttern. Das ließ zwar einige Kinnladen herunterklappen, nahm aber jeglichen Wind aus den Segeln der Lästermäuler.

Jetzt, anderthalb Jahre später leben wir glücklich in unserer kleinen Familie zusammen. Das Leben ist so normal wie zuvor. Nein! Eigentlich ist es erst jetzt für mich normal! Selbst mein Stiefvater akzeptiert die Situation, wie sie ist, und findet in meiner Liebsten die ideale Schwiegertochter.

So und nun entscheidet selbst, wo ein Coming-out anfängt und wo es endet.

Bine

32 Jahre
2 Co-Kinder (Zwillinge)
Dr. der Informatik an der
Universität
Niedersachsen

Zwei Monate nach meiner Hochzeit wurde mir mein Interesse an Frauen bewusst. Zunächst sah ich mich als bisexuell und outete mich dementsprechend auch im Folgenden.

Nach wenigen Tagen weihte ich meinen Mann ein. Er fand es klasse, da wir uns nun „wie Männer" über Frauen unterhalten könnten. Nach und nach änderte sich diese Einstellung aber. Nicht nur Phantasien über Dreier kamen dazu, sondern auch Zweifel, inwiefern ich diese neu entdeckte Seite ausleben würde. Zunächst redete ich mir ein, dass ich kein praktisches Interesse am gleichen Geschlecht haben würde.
Das hielt ca. drei Wochen. Danach wurde mir klar, dass ich mir mein Leben lang Vorwürfe machen würde, wenn ich es

nicht wenigstens einmal „ausprobiert" hätte. Nach kurzer Sprachlosigkeit war mein Mann auch da verständnisvoll. Er versuchte sogar, mir Möglichkeiten für einen One-Night-Stand ausfindig zu machen. Dann würde ich das „erledigt" haben und alles könne wieder seinen normalen Lauf nehmen. Ich entgegnete ihm, dass ich ja nicht wissen könne, ob es bei einem Mal bleiben würde. Naja, ab und an einen One-Night-Stand könne er mir schon erlauben.

Mit dieser Idee – aber ohne ihre Durchführung – lebten wir dann einen weiteren Monat. Es war mir schnell klar, dass es nicht das war, was ich wollte. Ich bräuchte schon einen minimalen emotionalen Kontakt für ein „erstes Mal". Da war mein Mann dann nicht mehr nachgiebig. Das könne er nicht akzeptieren, was ich durchaus verstand, aber nicht garantieren konnte.

Kurz nach meinem Mann weihte ich eine Freundin ein, die selbst bereits seit Jahren bisexuell lebte. Somit hatte ich wenigstens einen Rückhalt, wenn ich negative Erfahrungen während meines Outings haben würde.

Und ein Outing bei allen Personen, die mir wichtig waren, wollte ich so schnell wie möglich hinter mich bringen. Es ging mir seit Jahren voller Depressionen endlich gut, weil ich wusste, was ich war. Mein Leben lang hatte ich mich für „komisch" gehalten (und habe dies auch von sehr vielen Menschen gehört – meist in nicht ganz so freundlichen Worten), nun hatte ich endlich den Grund für mein „Komischsein" gefunden und fühlte mich endlich „richtig". Das wollte ich der ganzen Welt mitteilen. Sowohl meine Eltern als auch viele meiner Freunde stellten auch schnell fest, dass ich plötzlich eine ganz andere, viel positivere Ausstrahlung hatte.

Meine besten Freunde waren schnell eingeweiht. Es fiel mir bei jedem Gespräch sehr schwer auszusprechen, dass ich nun bisexuell sei. Aber die Resonanz war durchweg positiv. „Man sieht, dass du jetzt glücklicher bist, also ist das eine gute Nachricht", war die häufigste Reaktion. Natürlich kamen auch viele gute Ratschläge – von: „Du musst das sofort ausprobieren" bis „aber ausleben willst du das doch nicht? Du bist doch gerade frisch verheiratet." – Die meisten wollten wissen, wie ich das gemerkt hatte. Es war also mehr Neugier bezüglich meiner Erkenntnis als alles andere bei ihnen geweckt.

Mehr Angst hatte ich natürlich, es meinen Eltern zu sagen. In einer ruhigen Minute beichtete ich meiner Mutter dann, auch Interesse an Frauen zu haben. Die Tatsache an sich war überhaupt kein Problem für sie. Natürlich müsse sie das sakken lassen, aber mehr auch nicht. Das einzige, was sie stark beunruhigte, war, ob es meine Ehe gefährdete. Zu diesem Zeitpunkt konnte ich noch voller Überzeugung sagen, das ändere nichts.

Zwei aufregende Monate nach meinem Traum wurde es endlich wieder ruhig. Das Thema beschäftigte mich natürlich weiterhin, aber nach außen wirkte die Situation wieder stabilisiert. Alles lief seinen üblichen Gang.

Um mir selbst klar zu werden, wo es mich diesbezüglich in Zukunft hinführen könnte, suchte ich mir eine Bisexuellen-Gruppe in der Nähe und wurde in Köln bei „Uferlos" fündig. Die Menschen in dieser Gruppe lebten völlig unterschiedliche Konzepte, von denen mir zuvor einige gar nicht in den Sinn gekommen waren. Ein Großteil lebte monogam entweder mit einem gleichgeschlechtlichen Partner oder in einer heterosexuellen Beziehung. Einige lebten offene Beziehungen, in denen sie ihre gleichgeschlechtlichen Bedürfnisse „bei Bedarf" auslebten. Wieder andere gingen erst gar keine festen Beziehungen ein. Ein Bruchteil lebte in zwei festen Beziehungen gleichzeitig, wobei alle Beteiligten eingeweiht waren und hinter dieser Beziehungsform standen. Letzteres war für mich bisher nie eine Option gewesen, hörte sich nun aber nach dem optimalen Zustand für mich an. Dies würde sich aber mit meinem Mann nicht durchsetzen lassen. Dafür war sein Alleinigkeitsanspruch zu hoch.

Ich hatte schon fast wieder mit dem Thema abgeschlossen, weil ich es für undurchführbar hielt, da besuchte ich wieder ein Internetforum für bisexuelle Frauen in heterosexuellen Beziehungen. Dort lernte ich durch Zufall eine Frau kennen. Auf der Suche war ich zu diesem Zeitpunkt nicht. Unser Kontakt vertiefte sich schnell und sie wurde – auch wenn ich es nicht merkte – mir sehr wichtig. Ein Abend in der Woche gehörte dem Chat mit ihr, egal ob mein Mann an diesem Abend etwas geplant hatte. Er sah es gelassen, weil er sich einredete – entgegen meinen Äußerungen – dass sie nur eine Freundin sei.

Anfang Dezember war es dann so weit, ich hatte ein Treffen mit ihr vereinbart. Meinem Mann sagte ich, dass ich nun ein Date mit ihr haben würde und ob es o. k. für ihn sei, wenn ich es wahrnähme. Es sei kein Problem für ihn, aber Date nennen würde er es nun auch nicht. Ich fuhr hin und verliebte mich prompt. Es waren nie erlebte Gefühle. Nach diesem Treffen sagte ich ihm, dass ich in Zukunft gerne ein weiteres Date mit ihr haben würde und dass dies dann wirklich ein Date sein würde. Er war nicht begeistert, aber willigte ein, wenn ich gewisse Regeln beachten würde: keinen über Freundschaftliches hinausgehenden körperlichen Kontakt. Händchenhalten, Umarmungen, Begrüßungs- oder Abschiedskuss, alles verboten. Ich wollte sie unbedingt wiedersehen, versprach es ihm und war fest entschlossen, dies auch durchzuhalten. Es gelang mir nicht. Als ich sie wiedersah, wollte ich ihr nahe sein. Nach einem ziemlich krampfigen Abend, an dem ich gegen jegliche Versuchung angekämpft hatte, gab ich meinen Widerstand auf und brach mein Versprechen. Dies verschwieg ich ihm allerdings, da ich nicht wusste, ob es mit ihr weitergehen könnte.

Zwei Wochen später besuchte ich sie erneut und dehnte meinen Aufenthalt dort so lange aus, dass ich erst am späten Abend zurückkehrte. An diesem Abend forderte mein Mann von mir eine Entscheidung. Am nächsten Tag zog ich aus. Die Beziehung zu ihm war nicht mehr zu retten. Meine Gefühle für ihn waren niemals so stark gewesen wie bereits nach wenigen Tagen die Gefühle für diese Frau. Während der gesamten Beziehung zu ihm war mir nie bewusst, dass es stärkere Gefühle geben könnte. Nun, da ich es wusste, konnte ich ihn nicht länger in der Illusion lassen, er sei der Richtige für mich. Ich verließ ihn, ohne zu wissen, ob ich mit meiner neuen Bekanntschaft je eine Beziehung haben würde.

Meine Eltern hatten die ganze Entwicklung bis dahin nur bruchstückhaft mitbekommen. Die Streite und meine Verzweiflung über die letzten Jahre hatte ich ihnen immer verschwiegen. Da es mich glücklich machte, erzählte ich ihnen, ich habe eine Frau kennengelernt und Gefühle für sie. Zu diesem Zeitpunkt bestand allerdings noch keine Gefahr für meine Ehe. Als ich dann plötzlich vor ihrer Tür stand, unterstützten sie mich trotzdem, halfen mir beim Auszug und ließen mich wieder bei sich wohnen. Gefallen hat es ihnen nicht, weil ich ihnen plötzlich egoistisch erschien. Ich könne doch nicht einfach den Mann, den ich vor nicht mal einem Jahr geheiratet hatte, wegen einer Internetbekanntschaft verlassen. Zudem sie ebenfalls verheiratet war. Es kostete mich einige Mühen, ihnen klarzumachen, dass ich ihn nicht direkt ihretwegen verlassen hatte. Vor allem da ich mich weiterhin mit ihr traf, sie über die Wochenenden besuchte und sogar einen Wochenend-Trip mit ihr machte. Sie bekamen mit, wie er litt und gaben mir die Schuld daran, weil ich ja eigentlich keinen Grund gehabt hätte, ihn zu verlassen.

Die folgenden drei Monate waren psychisch blanker Horror. Einerseits meine Eltern, bei denen ich wohnte, andererseits mein Mann, der mich nicht in Ruhe ließ. Jeden Tag erneut die Frage nach dem Wieso, ich würde uns gar keine Chance geben, und ob ich sie weiterhin sehen würde. Keine meiner Antworten akzeptierte er. Mal wollte er keinen Kontakt, dann wollte er den Kontakt nicht verlieren usw. Der Terror erreichte seinen Höhepunkt am Vorabend meines 30. Geburtstags, als er mich anrief und sagte, er wolle sich nur verabschieden. Was er meinte, war, dass er sich das Leben nehmen wollte, weil ein Leben ohne mich keinen Sinn machte. Ich schaffte es, ihn zu überreden, es nicht zu tun. Viele Diskussionen, eine Paar-Therapie-Sitzung und massenweise Vorwürfe folgten. Mein Entschluss stand trotzdem fest. Ich konnte nicht mehr zu ihm zurück. Je wieder mit einem Mann zu schlafen, war mittlerweile nicht mehr Teil meiner Gedankenwelt, und das, was an Liebe noch übrig war, war mittlerweile abgestorben und ging über freundschaftliche Gefühle nicht mehr hinaus. Unter diesen Umständen war an eine Rückkehr im Interesse beider nicht zu denken.

Die Beziehung zu meiner Freundin wurde in dieser Zeit immer enger und tiefer.

Glücklicherweise. Im April nahm sich mein Mann dann tatsächlich das Leben. Sie war die einzige, die mich auffangen konnte.

Die Beziehung zu meinen Eltern wurde dann immer schwieriger. Sie verstanden mein Verhalten überhaupt nicht mehr, aber akzeptierten es. Das Verhältnis entspannte sich erst wieder, als Anfang des folgenden Jahres ihr Mann auszog und ich einzog. Sie sahen dann erst, dass es uns beiden ernst war, und verstanden, warum ich all dies durchgezogen hatte. Seitdem akzeptieren sie meine Frau und ihre Kinder vollständig. Wir haben ein gutes Verhältnis zu ihnen und mittlerweile behandeln sie sogar die Kinder wie ihre eigenen Enkel.

Meine Freundschaften haben meine Wandlung vollständig überlebt – bis auf eine neidische Ausnahme – und es sind weitere hinzugekommen. Die restliche Familie hat meine neue Beziehung problemlos akzeptiert inklusive meiner über 90-jährigen Oma, die sich richtig mit uns freut.

Meine Kollegen wissen ebenfalls Bescheid. Diejenigen, mit denen ich befreundet bin, haben die komplette Entwicklung mitverfolgt und mich in jeder Phase unterstützt. Die anderen Kollegen wussten spätestens Bescheid, als ich sie und die Kinder zu einer Feier mitbrachte. Was hinter meinem Rücken geredet wird, kann ich natürlich nicht beurteilen, aber kein Kollege hat sein Verhalten mir gegenüber geändert. Mein Chef freut sich sogar jedesmal, wenn er die Kinder zu Gesicht bekommt, und erkundigt sich in regelmäßigen Abständen, wie es ihnen geht, und lässt Grüße ausrichten.

Insgesamt bin ich also in der glücklichen Situation, dass ich ganz offen leben kann, ohne bisher auf Widerstand gestoßen zu sein. :-)

Danke Liebste, dass wir das zusammen erleben können.

Grete

34 Jahre
2 Kinder (Zwillinge)
Arbeitssuchende Mutter
Niedersachsen

Im September 2008 ist es jetzt vier Jahre her, dass alles bewusst seinen Anfang nahm.
Begonnen hat es wohl schon viel früher.

In der Vergangenheit hatte es immer wieder Frauen gegeben, die ich vollständig in mein Leben eingebunden hatte. Enge Freundinnen hatte es gegeben, mit täglichem Beisammensein, in deren Gegenwart ich mich irrsinnig lebendig fühlte. Nie war mir jedoch der Gedanke gekommen, ich könnte in eine von ihnen verliebt sein.
In den Augen meiner Mitmenschen führte ich, was Männer anging, ein Lotterleben.
Trotz fester Beziehungen und einer ersten Ehe wechselten

meine Liebhaber recht häufig. Immer wieder musste ein neuer Kick sein.

Ich habe mir nie viel aus dem gemacht, was zwischen ihnen und mir lief. Es war Mittel zum Zweck. Ich fühlte mich besser, wenn ich es mal wieder geschafft hatte.

Ich hatte den Ruf einer Schlampe und genoss ihn in einem gewissen Rahmen.

Es wurde ruhiger, als ich meinen zweiten Mann kennenlernte, und wir erlebten zusammen eine ganze Menge.

Bei einem gemeinsamen Besuch im Pärchenclub hatte ich das erste Mal bewusst die Gelegenheit, die weiche Haut einer Frau ganz alleine zu genießen.

Ab diesem Moment stufte ich mich als bisexuell ein und konnte es kaum erwarten, dieses Erlebnis zu wiederholen.

Mit meiner Schwangerschaft und dem Umzug nach Norddeutschland endete dieses „Hobby" ziemlich abrupt.

Nach der Geburt meiner Töchter hatte ich jegliches sexuelles Interesse verloren und schob es lange auf die Kinder, dann auf die anstrengende Art meines Mannes.

Erst nach und nach wurde mir bewusst, dass es nicht nur an ihm lag, sondern vielmehr fühlte es sich an, als wäre ein Abschnitt in meinem Leben abgeschlossen.

Meine Töchter waren klein und ich hatte viel Zeit zum Nachdenken.

Sah ich schwule oder lesbische Paare, fühlte ich immer einen Stich in Herz und Bauch.

Als meine Mutter mir erzählte, dass der ehemalige Schwager meiner Cousine nun schwul sei und das völlig offen lebe, war meine Neugier geweckt und ich begann, mich nach Jahren sporadisch wieder bei ihm zu melden.

Ich verschlang Zeitungsberichte, Dokumentationen zum Thema CSD und allen irgendwie homosexuell gearteten Themen.

Die vage Sehnsucht nach einer Frau in meinen Armen hielt mich eine Weile gefangen.

Im Internet war ich auf der Suche nach einem Abenteuer, traute mich jedoch nie über ein wenig Chatten hinaus.

Und so fand ich im September zufällig einen Ort im WWW, der mir ein Zuhause wurde und an dem ich mich verstanden fühlte.

Im IsaRion schöpfte ich Kraft und knüpfte Kontakte, nach ein paar Monaten hatte ich mein erstes Blind Date mit einer Frau.

Schreibend und am Telefon hatten wir uns einander angenähert, aber dem vorangegangenen Kribbeln hielt unser Treffen leider nicht stand.

Ich war desillusioniert und enttäuscht, obwohl mir hätte klar sein sollen, dass es völlig normal war und ich mich hauptsächlich in einer Traum- und Wunschwelt aufhielt.

Zu dieser Zeit vertraute ich mich ersten Menschen in meinem Umkreis an. Ein naher Verwandter, eine alte Schulfreundin, die Erzieherin meiner Tochter wurden Mitwissende.

Und schon damals war die Resonanz eine positive.

Wenn es mich glücklicher mache, solle ich diesen Weg doch ruhig gehen, war die übereinstimmende Antwort.

Das für mich spannendste Outing war das einer alten Schulfreundin gegenüber, die selbst seit Jahren lesbisch lebte und liebte.

Auf ihr Outing hatte ich vor Jahren geantwortet: „Ja, und … wundert mich nicht wirklich!" Und von ihr bekam ich nach etlichen Gläsern Rotwein zu hören: „Das wurde ja auch Zeit, das hätte ich dir auch schon früher sagen können!"

Schon mit dreizehn hätte mir klar sein können, dass meine Gefühle für eben jene Freundin mehr waren als bloße Freundschaft. Das hätte mir einiges erspart.

Doch noch immer war ich mir nicht im Klaren darüber, ob ich auch mit Frauen leben konnte oder wollte.

Ich hatte meinen Mann, meine Kinder – und hatte ich das Recht, einfach meinen Weg zu gehen? Was würde alles passieren?

Ich war lange Zeit nicht mutig genug, einen echten Schritt vorwärts zu gehen und bremste mich selbst.

Nach einer Weile begann ich, mich wieder in bisexuellen Foren aufzuhalten, um jemanden zu finden, mit dem ich zumindest meine wieder aufkeimende Sehnsucht nach weicher Haut stillen könne.

Ich gab Anzeigen auf und saß stundenlang in Chatrooms herum, doch nichts wirklich Wichtiges geschah.

Kamen eindeutige Angebote, kniff ich meist, weil mein Inneres doch mehr wollte als nur Sex.

Der Zufall wollte es, dass ich mich im September 2005 mal wieder ewig im Chat von BiNe treiben ließ. Gerade als ich beschloss, den Rechner auszuschalten und für diesen Abend aufzugeben, meldete sich dort Nachteule zu Wort. Und da ihre Worte sich nicht so platt lasen wie vieles dort, kamen wir ins Gespräch.

Es war schön und es fühlte sich gut an, wir verabredeten uns wieder und wieder im Chat.

Sie hatte meine Anzeige gelesen, allerdings erst auf mein Bitten hin, und sie wusste, was ich suchte, Freundschaft mit Sex.

Sie erzählte mir, dass sie erst kurz verheiratet sei, und damit stellte sie in meinen Augen keine Gefahr für mich oder meine Ehe dar.

Mein Mann wusste davon und fand meine Bi-Neigungen sehr spannend, hoffte er doch, auch davon profitieren zu können.

Wie verabredeten uns zu einem ersten Treffen.
Sie kam mich in Bremen besuchen und wir hatten einen völlig verdrehten Abend.
Wir sprachen über persönliche Sicherheitsabstände und versuchten uns Mut für irgendwas anzutrinken.
Am Ende verabschiedeten wir uns, ohne uns irgendwie zu berühren.
Ich war davon überzeugt, sie nie wieder zu sehen.
Zum Glück war das eine Fehleinschätzung.
Sie kam am nächsten Tag schon wieder und hatte sofort bei mir und den Kindern gewonnen, auch mein Mann fand sie nett.
Die folgenden Monate verschwimmen zu einem einzigen Klumpen aus Chatten, E-Mails, Besuchen, die so lang wurden, dass sie am Wochenende immer da war und bald auch die halbe Woche.
Es wurde eine enge Freundschaft, ohne dass wir uns körperlich nahe kamen.
War sie bei mir, fühlte und fühle ich mich zu Hause oder – wie es bei mir heißt – daheim.
Es wuchs Liebe, Stück für Stück.

Wir waren hier ständig gemeinsam unterwegs, sie holte die Kinder vom Kindergarten ab. Wir gingen einkaufen und nie stellte irgendjemand die entscheidende Frage.
Wir fuhren alleine übers Wochenende nach Hamburg und ich erlebte dort, wie echt und die Seele berührend eine gemeinsame Nacht sein kann.

Sie hatte sich von ihrem Mann getrennt und war zu ihren Eltern gezogen.

Es war eine harte Zeit, und als das Mitleid mit ihm gerade zu Wut wurde und es mächtig nervte, passierte das Unfassbare. Er nahm sich das Leben.

Es war schrecklich, aber es traf uns nicht unvorbereitet. Er war seit seiner Jugend mehr oder weniger depressiv und hatte es auch vorher schon einmal angekündigt.

Sie erfuhr es am Telefon bei mir zu Hause.

Nach diesem Tag war alles anders, noch näher, noch enger und intensiver.

Die schlimmste Phase ging vorbei.

Sie war nun fast ständig bei uns und ich wollte es auch nicht mehr anders.

Nun war es an mir, eine Entscheidung zu treffen.

Das tat ich im September. Ich trennte mich von meinem Mann.

Es war kurz und schmerzhaft.

Inzwischen verstehen wir uns besser als zu Zeiten unserer Beziehung.

Hier im Ort gab es kein richtiges Outing. Sabine ist einfach in die Familie reingewachsen.

Es war einfach so, sie war an meiner Seite und keiner hat hier je gefragt.

Einzig in der Schule haben wir es mit den Klassenlehrern besprochen, falls es irgendwann zu Problemen deswegen kommen sollte.

Sie geht mit zu Elternabenden und Schulveranstaltungen.

Wir versuchen, den anderen einfach zu vermitteln, dass wir eine ganz normale Familie sind, so wie viele andere auch.

Meine und jetzt unsere Mädels stehen gerade und aufrecht,

wenn sie erzählen, dass sie jetzt zwei Mamas und einen Papa und dreimal Oma und Opa haben.

Das alleine war schon alles wert.

Jeder, der es sehen will, sieht, dass wir ein Paar, eine Familie sind, und der Rest ist mir egal.

Meine Eltern reagierten so, wie ich es eigentlich erwartet hatte.

Meiner Mutter sagte ich nach ein wenig Rumgedrucke, dass wir eben nicht nur gute Freunde sind, sondern ein Paar.

Sie war gerade beim Abwasch und drehte sich nur kurz zu mir um: „Ja meinst du denn, ich bin blöd?" Sie wusste es und freute sich einfach nur, dass wir glücklich waren.

Mein Vater hat mich dann kurz darauf in den Arm genommen und gesagt: „Schön, dass es dir wieder gut geht."

Verwandte, Freunde, alle haben sie gleich reagiert.

Sie haben es zur Kenntnis genommen, sich gefreut und Sabine herzlich aufgenommen.

Was mich besonders freut, ist, dass selbst die Eltern und der Bruder meines Ex-Mannes sie herzlich mit aufgenommen haben.

Da dieses Verhalten nicht selbstverständlich ist, rechne ich es ihnen wirklich hoch an.

Wir haben alle zusammen Weihnachten verbracht und es war schön.

Auch an meinem letzten Arbeitsplatz war ich out. Klar gab es Tuscheleien hinter meinem Rücken. Aber mit entsprechendem Humor, einer tollen Arbeitskollegin und ein bisschen Befriedigen der Neugier war es nicht lange interessant und bald schon kein Thema mehr.

Manchmal und besonders an schlechten Tagen überlege ich, wann denn jetzt mal der Haken an der Geschichte kommt, wann das böse Erwachen.

Wir haben bisher nur positive Erfahrungen gemacht und hoffen, dass es noch sehr lange so bleibt.

Alles in allem ist mein Leben, wie ich es heute führe, jeden einzelnen Schritt dieser Reise wert.

Ich habe mein Zuhause gefunden, in meiner Frau, in unserer Liebe und Familie.

In Menschen, die mich so akzeptieren, wie ich bin und wie ich lebe.

Dafür bin ich dem Schicksal sehr dankbar.

Wir gehen unseren Weg jeden Tag ein kleines Stückchen weiter, in der Hoffnung, dass es so bleibt und wir gemeinsam irgendwann sagen können: Wir haben es geschafft!

Barbara

31 Jahre
keine Kinder
kfm. Angestellte
Thüringen

Hallo, wir schreiben das Jahr 2008 und ich bin einunddreißig Jahre alt.

Am 27.07.2004 wurde ich wachgeküsst.

Sie werden sich fragen, wovon?

Ich würde sagen, dass mein bisheriges Leben bis dahin mehr Schein als Sein war.

Ich frage mich immer wieder, warum habe ich nicht eher bemerkt, dass ich Frauen liebe?

Ist es normal, dass man als Mädchen in seine Lehrerin verknallt ist?

Ist es normal, dass man in der Berufsschule sich zwingen muss aufzupassen, weil man in der Nähe einer bestimmten Frau ein seltsames Kribbeln im Körper verspürt?

Ist es normal, dass man am Flughafen des Urlaubsortes eine Frau genauestens betrachtet, sie interessant findet und dann noch feststellt, dass sie mit einer Frau zusammen ist?

Ist es normal, dass man von der Liebe zu Frauen träumt?

Viele Fragen, eine Antwort – Ja, wenn man durch den Kuss von einer Frau deutlich spürt, was einem fehlt.

Der kleine Auslöser zuvor war sicherlich die Geschichte im TV, von einer Frau mit Mann, welche sich in eine Lesbe verliebt. Ich musste jede Folge dieser Serie mitverfolgen, fühlte mit dieser Frau mit und recherchierte im Internet über das Thema. Ich sog es auf wie ein Schwamm.

Durch Zufall kam ich auf ein Forum, welches sich mit der Schauspielerin, welche die Lesbe spielte, beschäftigte. Dort fand ich Gleichgesinnte, viele Frauen, welche sich mit dem Thema auseinandersetzten – entweder, weil sie genauso fühlten, oder weil sie lesbisch waren.

Besonders aufgefallen war mir eine Frau, welche kleine Video-Clips von der Serie online stellte. Wir schrieben uns Nachrichten.

Sie war lesbisch, was mich nicht störte, dachte ich doch, den besten Mann der Welt zu haben und rundum glücklich zu sein.

Im Mai musste mein Mann beruflich für einige Monate ins Ausland. Wir hatten wenig Kontakt, Telefonate waren nur eingeschränkt möglich.

In dieser Zeit wurden die Gespräche mit der Frau intensiver, es folgten Telefonate und ein Treffen.

Ich fragte mich, was ich von diesem Treffen erwartete. Ich war doch verrückt, mich mit einer fremden Frau zu treffen.

Heute bin ich froh, dass ich den Weg gefahren bin.

Die gemeinsamen Momente der wenigen Zeit kann mir keiner nehmen.

Die vorsichtige Annäherung, der Kuss, die Küsse, das Im-Arm-gehalten-Werden von einer Frau – war wie ein Ankommen.

Leider ging der Tag zu schnell vorbei.

Wir telefonierten von nun an täglich, was sich auf der Telefonrechnung bemerkbar machte – sie wohnte im Ausland, intensive Gespräche, welche ich nie vergessen kann. Mit jedem Tag mehr Kontakt wurde sie mir wichtiger. Ich wollte sie wiedersehen.

Wir vereinbarten einen Termin, diesmal wollte ich zu ihr fahren. Doch wie das Schicksal so wollte, hatte meine Oma einen Schlaganfall. Sie schwebte zwischen Leben und Tod. In diesem Zustand konnte ich unmöglich zu ihr fahren.

Leider verstand sie es nicht, war traurig und kapselte sich einerseits immer mehr ab, andererseits wollte sie, dass ich mich von meinen Mann trenne, in ihre Nähe ziehe.

Ich war in der Zwickmühle, wusste nicht mehr, was ist richtig, was ist falsch.

In diesem Moment war mir klar, ich musste mit jemandem reden.

Der erste Mensch, bei dem ich mich geoutet habe, war meine beste Freundin. Sie wohnt leider nicht in meiner Nähe und so habe ich dies telefonisch getan … Die Telefonleitung war für einen Moment still … dann kam: „Das sind deine Gefühle, es ist in Ordnung …" Mir fiel ein Stein vom Herzen.

Auch weil sie mir erzählte, dass sie in ihrem Wohnort mit einer lesbischen Frau befreundet ist.

Mein Mann kam von seinem Auslandseinsatz wieder, wir waren uns fremd geworden und trotzdem hatte ich ihn immer noch sehr gern und so kam es zum Sex. Danach musste ich weinen. Ich hatte das Gefühl, sie zu betrügen.

Er bemerkte davon nichts.

Der Kontakt zu ihr wurde immer schwieriger. Sie wollte eine Entscheidung. Ich konnte sie ihr einfach noch nicht geben. Ihr Unverständnis, nicht zu ihr gereist zu sein, als meine Oma so schwer krank war, konnte ich nicht verdrängen.

Meine beste Freundin war zu Besuch in der Heimat und sie meinte, sie hätte nie gedacht, dass ich auf Frauen stehe, wo ich doch verheiratet war. Während eines langen Spaziergangs wog ich ab und fand doch keine Lösung.

Dann kam der gemeinsame Urlaub mit meinen Mann. Wir flogen in den Süden.

Noch am Flughafen habe ich probiert, mit ihr zu telefonieren, leider ohne Erfolg. Auf dem Rückflug habe ich sie erreicht, sie sagte nur: „Ich muss dir morgen etwas sagen, ruf mich an."

Dies habe ich getan und sie machte mit mir Schluss. Ich war so traurig darüber, dass ich in den Armen meines Mannes weinte, ihm den Kuss gestanden habe, was zur Folge hatte, dass er nun auch weinte. Er sagte mir, er habe es geahnt.

Eine Woche später bekamen wir die Diagnose, dass mein Mann Hodenkrebs hat. Ich war hin und her gerissen, einerseits wollte ich sie nicht verlieren, schrieb ihr Gedichte, andererseits wollte ich meinen Mann Kraft geben, gegen diese Krankheit anzukämpfen. Er hat es gut überstanden.

Mit ihr habe ich bis heute keinen Kontakt mehr, jedoch hat sie mir den Anstoß gegeben, Gedichte oder auch Geschichten zu schreiben. Ihr ist es also zu verdanken, dass ich heute diese Geschichte schreibe.

Wie ging es weiter? Wieder über das Internet lernte ich eine Frau kennen und auch lieben.

Bei ihr konnte ich mich voll fallenlassen, die Liebe mit einer Frau spüren. Ich bin ihr sehr dankbar, weil sie mich ein Stück auf meinen Weg voran gebracht hat. Aber auch sie hat mich verlassen wegen einer anderen Frau. Heute bin ich immer noch mit ihr befreundet und sie ist so weiterhin Teil meines Lebens.

Nach der Trennung von ihr habe ich mich bei meinen Eltern und Geschwistern geoutet.

Ich wollte einfach zu dem stehen, was ich bin.

Die Ablehnung traf mich mit voller Härte.

Meine Mutter reagierte darauf mit Unverständnis und fragte, welche Frau dafür verantwortlich sei. Mein Vater und meine Geschwister verstanden es genauso wenig: „Du hast doch so einen lieben Mann. Wenn du dich von ihm trennst wegen einer Frau, kannst du gleich wegziehen."

Es folgten stundenlange Diskussionen, wo ich mich erklärte, warum ich so fühle und dass ich keine Frau habe, aber auch keine Garantie geben kann, dass ich nicht doch irgendwann eine Frau haben werde anstelle meines Mannes.

Inzwischen nehmen sie es gelassener, haben sie doch nicht mitbekommen, dass ich eine weitere Affäre mit einer Frau hatte, welche sich ebenfalls von mir trennte, weil sie sich für ihren Mann entschieden hat.

Dass ich mich oute, dafür bin nur ich verantwortlich und ich bereue es nicht, weil ich mich danach ein Stück freier fühlte.

Auch habe ich mich bei weiteren Freunden geoutet und alle haben es positiv aufgenommen.

Einige lesbische Freundinnen habe ich auch dazugewonnen.

Wie mein Leben weitergeht, kann ich euch nicht sagen.

Ich weiß nur, dass Frau immer ein wichtiger Bestandteil in meinen Leben bleiben wird.

Sabine K.

39 Jahre
1 Kind
Vollzeit berufstätig im Büro
Berlin

Wer wagt, der gewinnt ... eine ganz besondere Liebe

Es war einmal eine Frau, die lebte glücklich viele Jahre mit ihrem Mann und ihrem Sohn. Doch ab und an glitten ihre Gedanken in eine andere Welt ...

So oder so ähnlich lebten bzw. leben viele Frauen. Hier aus dem IsaRion-Land ... in Europa ... auf der ganzen Welt.

Ich bin jetzt Ende dreißig, habe einen zwölfjährigen Sohn und war neunzehn Jahre mit einem liebevollen Mann und Papa (wir waren nie verheiratet, aber nach so vielen Jahren ist es fast so, deshalb werde ich „Ex-Mann" schreiben) in

115

einer glücklichen und gefestigten Heterobeziehung. Aber eines wusste ich doch schon seit meiner Jugendzeit: Ich fühlte mich zu Frauen hingezogen! Ob es die Lehrerin war oder Schauspielerinnen oder Kolleginnen oder Freundinnen. Die Boygroups hingegen gingen völlig an mir vorbei.

Die Jahre vergingen. Meine Sehnsucht, Zärtlichkeiten mit einer Frau auszutauschen, keimte immer mal wieder auf. Es war aber jetzt nicht so stark, dass ich darunter litt. Zumindest bildete ich mir das ein. Denn ich hatte jahrelang sehr oft starke Kopfschmerzen … und siehe da, jetzt sind sie viel, viel weniger geworden!
Sehr akut wurde diese Sehnsucht noch einmal, als sich eine gute Freundin vor vierzehn Jahren outete und ich dachte: Wow, sie hat den Schritt gewagt!

Und wenn wir dann bei den beiden auf eine Party eingeladen waren, habe ich mich unter all diesen Frauen einfach nur super gefühlt. Ich sog diese Atmosphäre in mich auf.
Zwischendurch ersteigerte ich mir die DVD „Woman loves Woman". Um sie nicht heimlich abspielen zu müssen, sagte ich meinem (jetzigen Ex-)Mann, dass ich nur Schönes über den Film gelesen hatte und ihn mir rein aus Interesse gerne einmal anschauen möchte. Nun weiß ich nicht, ob er sich seinen Teil dachte.
In ruhigen Momenten verschlang ich diese Filme über Frauen; besonders die zärtlichen Szenen.

In dieser Zeit hatte ich mich in eine sehr gute Freundin aus unserem Freundeskreis verliebt. Verliebt ist vielleicht ein wenig hochgegriffen, ich fand sie sehr anziehend. Mehr eine Verliebtheit. Sie war natürlich verheiratet. Nach ca. einem halben Jahr nahm ich all meinen Mut zusammen und bat um ein Treffen.

Ich weiß noch, wie ich vor Aufregung zitterte, als ich ihr meine Verliebtheit gestand!

Es kam, wie es kommen musste: Sie erwiderte meine Gefühle nicht! Ich saß da wie ein begossener Pudel. War aber trotzdem froh, es ausgesprochen zu haben. Aber das Schöne ist, dass nach einer kurzen Nachdenkpause beiderseitig unser freundschaftliches Verhältnis wieder wie früher wurde.

Es sollten knapp anderthalb Jahre vergehen, da wurde ich vom Arbeitsamt in eine ABM-Stelle gesteckt. Und von da an sollte sich mein Leben komplett ändern ...

Im August 2004 lernte ich SIE kennen! Wir konnten gut reden, hatten unseren Spaß und arbeiteten dann auch im selben Projekt. Aber mehr war da nicht. Jedenfalls nicht von meiner Seite aus. Nachdem das Projekt beendet war, machten wir aus, uns immer mal zu treffen, was wir auch taten. Ich ging zu ihr zum Kaffee (wir trafen uns auch gemeinsam mit meinem Mann) und wir redeten viel ... und auch über das Thema Lesbisch-Sein.

Es war wie eine Erlösung für uns beide. Da war jemand, dem es auch schon immer so ging! Es knisterte merklich zwischen uns. Aber keine von uns wusste, wie man in solch einer, uns beiden völlig unbekannten Situation den ersten Schritt macht. Da sie wusste, dass ich alles, was mit Computern zu tun hat, liebe, ließ sie sich immer wieder etwas Neues in dieser Richtung einfallen. Zum Beispiel kauften wir zusammen einen neuen Drucker für sie und der musste ja installiert werden und Ähnliches.

Ich war jetzt mehrmals in der Woche dort (wir wohnten nur zehn Minuten voneinander entfernt, was ich natürlich nicht unbedingt als unangenehm empfand).

Bei jedem neuen Treffen wurde ich aufgeregter und meine Knie zitterten. Und da waren sie wieder ... diese Schmetterlinge im Bauch. Es war ein schönes Gefühl! Aber da waren auch diese anderen Gefühle ... Angst, das schlechte Gewissen gegenüber meiner Familie. Ihr erging es ebenso, aber unsere Empfindungen füreinander wurden immer stärker, bis wir uns beide trauten, unseren innersten Wunsch freizugeben. Der Wunsch, uns zu berühren, zu streicheln, zu küssen. Es war wie nach einem starken Unwetter. Die Wolken klafften auseinander und der strahlende Sonnenschein brach hervor! Seit diesem Zeitpunkt wussten wir: Ja, das ist es! Wir gehören für immer zusammen!

Meinem Mann blieb es natürlich nicht verborgen, dass mein SMS-Empfang und -Versand um ein Vielfaches angestiegen war. So kam es, dass er mich auf meiner Arbeit anrief, ich ihm sagte, dass ich wegen des Druckers wieder zu ihr müsste, und er mich zum Schluss des Gespräches fragte, ob es einen anderen gäbe? Ich verneinte. Und so aus Scherz sagte er: „Oder eine andere?" Ich sagte nur: „Lass uns heute Abend reden."

Abends sagte ich ihm dann, dass ich mich neu verliebt habe – in eine Frau.

Es gab viele Tränen – von beiden Seiten. Eine Trennung vom langjährigen Lebenspartner ist keineswegs leicht, hatten wir doch viele gemeinsame und gute Jahre miteinander verbracht – waren irgendwie zusammen gewachsen. Aber ich wollte die Liebe zu dieser Frau nicht mehr missen, konnte mir nicht mehr vorstellen, je wieder ohne sie zu leben.

Unsere Trennung lief sehr fair und ruhig ab, was ich meinem Ex-Mann sehr hoch anrechne. Was auch für unseren Sohn sehr wichtig war. Ihm zu erklären, dass Papa und Mama sich trennen, fiel uns auch nicht leicht. Der kleine Mann, damals neun Jahre, nahm es aber, allen Befürchtungen zuwider, sehr gut auf. Zwar auch mit vielen Tränen, aber wir sprachen in der Zeit bis zum Umzug viel mit ihm. Und was uns sehr erstaunte: Er ging von uns allen am lockersten damit um. Hut ab vor ihm!

Nach und nach teilten wir unserem großen Freundeskreis mit, dass wir uns trennen und auch den Grund dafür. Und zu meinem Erstaunen gingen bis auf ein paar Ausnahmen alle sehr gut mit meinem Coming-out um.

Eine Ausnahme bildete leider meine Mutter. Es gab böse Worte, was mich sehr verletzte und traurig machte. Aber ich versuchte, ihr die Zeit zu geben. Meine bereits erwähnte gute Freundin sagte, ich solle ihr ca. ein Jahr Zeit geben – so wie viele dieses eine Trauerjahr brauchten. Es stimmte. Meine Mutter tastet sich langsam an die neue Situation heran. Sie sieht, dass es ihrem Enkel gut geht, dass meine Frau, mein Ex-Mann und ich sehr gut miteinander zurechtkommen. Und nun ist auch Kerstin seit längerer Zeit ein willkommener Gast bei ihr!

Dass wir zusammenziehen würden, stand für uns beide schon ziemlich bald fest. Aus Rücksicht auf den Kleinen wollten wir eigentlich erst im Jahre 2007 zusammenziehen. Er sollte die Zeit bekommen, sich an die neue Situation zu gewohnen. In dieser Zeit unternahmen wir drei viel. Auch wollten wir ganz in Ruhe eine passende Wohnung in der Nähe seiner Schule suchen, so dass er nicht umgeschult werden musste. Aber irgendwann ging es nicht mehr. Die Sehnsucht war einfach zu groß und wir suchten und fanden relativ schnell eine schöne gemeinsame Wohnung.

Auf der Arbeit sind wir, da wir eine ganze Weile zusammen gearbeitet haben, teilweise geoutet. Unsere Chefs wissen um unser Zusammenleben und einige Kollegen haben es inzwischen ebenfalls mitbekommen. Auch weil wir unseren IsaRion-Button ganz offen am Rucksack tragen und der Regenbogen nicht zu übersehen ist.

Nun sind wir schon über zweieinhalb Jahre zusammen, wohnen seit knapp anderthalb Jahren zu dritt in unserer gemeinsamen Wohnung und sind, mit allen Höhen und Tiefen des Alltags und der neuen Liebe, zu einer kleinen Familie zusammengewachsen. Dass es nicht immer leicht sein würde, war uns bewusst. Schließlich sind wir keine neunzehn mehr und haben beide schon ein anderes Leben gelebt. Kerstin als langjähriger Single mit kurzen Heterobeziehungen und ich in einer langen, festen Partnerschaft. Da sind Welten aufeinander geprallt. Aber unsere Liebe ist stark! Und sie wird von Monat zu Monat stärker! So fühlen wir beide!

Ein großer Dank gilt auch IsaRion.com. Die Homepage bzw. die Frauen, die sich dort versammeln, gaben bzw. geben mir das Gefühl: Du bist mit deinen frauenliebenden Gefühlen nicht allein auf dieser Welt!

Rückblickend können wir beide sagen, dass unser Comingout einfach „normal" aufgenommen wurde.

Mit meinem Ex-Mann besteht ein so gutes freundschaftliches Verhältnis, dass er uns bei Umbauten hilft, wir vor kurzem alle gemeinsam (mit noch ein paar anderen Freunden) im Urlaub waren oder er einfach nur mal zum Kaffee vorbeikommt.

Wir sind sehr dankbar, dass wir so viel Glück haben!
Ich bin froh, diesen Schritt gewagt zu haben. Ist es doch das,
was ich schon immer gefühlt und gesucht habe!

Danke, mein Morgenstern, dass es dich gibt!

Ninny

37 Jahre
2 Kinder
berufstätig
NRW

Wenn ich heute zurückblicke, fallen mir so viele Momente ein, in denen ich mich „anders" fühlte, anders als andere Mädchen. Ganz abgesehen davon, dass ich keine hysterischen Anfälle bekam, wenn ich Boygroups oder angesagte Sänger oder männliche Idole der Zeit sah, davon Abstand nahm, mit ihren Postern meine Zimmerwände zu tapezieren, Jungs als Kumpel klasse fand und liebend gerne mit ihnen Räuber und Gendarm spielte, waren es die Momente, in denen mein Herz höher schlug, wenn ich SIE sah.

Schon in der Grundschulzeit. Christina, braune Haare, ihr Gesicht habe ich heute noch vor Augen.

Auch später … immer wieder hatten bestimmte Frauen eine ungeheure Anziehungskraft auf mich. Es verband mich etwas mit ihnen, etwas, was mir zu der Zeit nicht bewusst war, eine Anziehungskraft, die ich für mich damals nie richtig sortiert habe, geschweige denn in Worte fassen konnte. Ich wollte einfach nur in der Nähe dieser Mädchen sein.

All das war mir nicht wirklich bewusst. Lesbisches Leben? Lesbe? Allein das Wort existierte für mich gar nicht. Nein. Es kam mir nicht in den Sinn. Aber das Gefühl zog sich wie ein Faden, ein roter Faden im Nebel, durch mein Leben. Immer wieder traf mich dieses undefinierbare Gefühl und trotzdem lebte ich mein Leben, wie es wohl „normal" war. Nach einer ersten Liebe, dem ersten festen Freund und einer dreijährigen Beziehung traf ich meinen Mann, den Mann, mit dem ich insgesamt elf Jahre zusammen war, den Vater meiner Kinder und heutigen besten Freund. Den Mann, dem ich offenbaren musste, mich in eine Frau verliebt zu haben. Aber der Reihe nach …

Ich lebte wie gesagt mein Leben, Schule, Ausbildung, ein paar Jahre Uni, Beruf, privat eine harmonische Beziehung, ohne Streitigkeiten. Familienanschluss auf beiden Seiten mehr als positiv, angenehm, ohne typische Schwiegereltern-Zwistig- keiten, Harmonie pur, kein Anlass, kein Streit, der alles hätte ins Wanken bringen können. Unsere Kinder wurden geboren, mein erster Sohn im Januar 2000, sein Bruder folgte andert- halb Jahre später … Die perfekte Familie war komplett, fast wie im Bilderbuch. Und trotzdem, ich war ruhelos, war auf der Suche, unterwegs, innerlich und äußerlich. Fühlte mich nicht als das, was ich für andere war, Mutter, Ehefrau, Teil einer glücklichen Familie.
Schon bevor meine Söhne geboren waren, kamen halt immer – wieder und wieder – Frauen in meinen Sinn. Ich verdrängte

es mehr oder weniger erfolgreich, suchte wieder Anschluss an meine Beziehung und dann an meine kleine Familie. Doch es gelang mir immer nur für kurze Zeit.

Richtig aktiv verfolgt und bewusst auf mich geschaut, was dieses diffuse Gefühl in mir bedeutete, habe ich erst kurze Zeit nach der Geburt meines zweiten Sohnes. Ich knüpfte Kontakte, damals zunächst nicht auf lesbischen Internetseiten, sondern eher auf Seiten, auf denen Frauen freundschaftliche Kontakte, eben die gute Freundin suchten. Dort begegnete ich einer Frau, die dafür sorgte, dass nichts mehr so war, wie es schien. Wir schrieben uns E-Mails, Briefe, wir trafen uns damals in einer Stadt, verbrachten ein Wochenende zusammen, sie hatte Kinder und ich auch. Als ich von diesem Wochenende zurückkam, schon auf der Fahrt nach Hause, wusste ich, dass sich mein Leben komplett ändern würde. Ich hielt an diesem Wochenende nur ihre Hand, wir schliefen nur nebeneinander ein und doch genügte das und endlich begann ich, dieses Puzzle aus Ruhelosigkeit und Fragezeichen zu einem Bild zusammenzubringen. Auch wenn aus ihr und mir nie mehr wurde, wir kurze Zeit später keinen Kontakt mehr hatten, waren diese Momente mit ihr ausschlaggebend. Der Nebel begann sich zu lichten. Diese Momente waren der Schlüssel.

Nichts war mehr so, wie es mal war. Auch wenn ich es wieder versuchte zu verdrängen … schließlich durfte es doch nicht sein, ich hatte doch alles, süße Kinder, Familie, ein harmonisches Leben ohne Streit …

Nein, Sehnsucht, ich hatte unglaubliche Sehnsucht. Bis dahin hatte ich mich immer für einen recht rationalen und relativ leidenschaftslosen Menschen gehalten, vernünftige, brave Tochter meiner Eltern.

Und nun war sie da, die Sehnsucht und mit ihr begann nach und nach das bewusste Abkapseln von meinem Mann.

Die Zeit verging, ich suchte Kontakte, schob die Gefühle beiseite, schaute mich wieder um, traf mich hin und wieder mit Frauen, verdrängte es wieder. Dieser Kreislauf, den ich ja eigentlich schon kannte, wiederholte sich in immer kürzeren Abständen.

Dann fand ich 2003 im World Wide Web ein Portal für lesbische Mütter mit Heterovergangenheit ... Wow, ich saß da wie vom Donner gerührt und ganz plötzlich war mir klar, dass ich nicht die einzige Frau und Mutter auf der Welt war, die so empfand. Eine unglaubliche Erkenntnis für mich.

Das Outing gegenüber meinem Mann erfolgte im Sommer des gleichen Jahres, nach dem ersten Wochenende mit ihr, mit meiner ersten richtigen Beziehung zu einer Frau.

Ich verbrachte ein Wochenende bei ihr, kam zurück, es war Sonntagabend, ich weiß es noch, als wenn es gestern gewesen wäre. Ich musste mit ihm reden, sagte ihm, dass ich mich verliebt hatte, verliebt habe in eine Frau, dass ich mich trennen möchte, dass es für mich keinen Mittelweg gab, keine Möglichkeit einer Dreiecksbeziehung, kein Vielleicht. Mein Gott, klingt das jetzt alles banal, so leicht, aber nein, das war es nicht! Es war schrecklich. Schrecklich für ihn, weil er nicht kämpfen konnte, schrecklich für mich, weil er nichts falsch gemacht hatte. Ich hatte ihm nichts vorzuwerfen. Nie, an keinem Tag unserer elfjährigen Beziehung und vierjährigen Ehe. Und trotzdem verließ ich ihn, brach auf in ein neues Leben, in mein neues Leben, mit meinen Söhnen, damals gerade zwei und dreieinhalb Jahre.

Meinem Vater erzählte ich zuerst etwas von meiner Beziehung zu einer Frau. Er reagierte damals ziemlich entspannt.

Er sagte, ich sei seine Tochter und es würde sich nichts ändern dadurch, ich wäre immer seine Tochter.

Meine Mutter hat es bis heute nicht verwunden. In ihren Augen habe ich eine glückliche Familie zerstört. Seitdem, seit 2003, ist das Verhältnis zu meiner Mutter sehr angespannt. Ich würde ihr so gern begreiflich machen, dass es nichts mit ihr zu tun hat, dass sie nichts falsch gemacht hat. Aber wie kann ich ihr diese Liebe zu Frauen erklären? Ich konnte es nicht, kann es heute noch nicht, auch wenn sie so gerne eine Erklärung hätte. Diese Erklärung kann ich ihr nicht geben. Dankbar bin ich für Akzeptanz, Verständnis fordere ich nicht. Sie hat mich zu einer rational denkenden, starken Frau erzogen, eigentlich müsste sie wissen, dass ich nie aus Willkür handeln oder aus Leichtfertigkeit entscheiden würde.

Auch wenn die Beziehung zu meiner ersten Freundin die Zeit nicht überdauerte und nur wenige Monate währte, so habe ich zu keiner Zeit diesen Schritt bereut, frauenliebend zu leben. Es hat vieles in meinem Leben verändert, einiges positiv gestaltet, einiges auch schwieriger werden lassen und trotzdem lebe und liebe ich so, wie es mir mein Gefühl wohl schon viele Jahre zuvor versucht hat zu zeigen.

Mit meinem Ex-Mann, dem Vater meiner Kinder, verbindet mich heute, fünf Jahre nach meiner Trennung von ihm, ein nach wie vor freundschaftliches Verhältnis. Er ist unseren Söhnen ein sehr guter Vater, hat selbst wieder eine kleine Familie. Mittlerweile unternehmen wir sogar ab und zu etwas zusammen, er, seine dann nun insgesamt drei Söhne, seine Frau sowie meine Freundin und ich. Die Kinder sind relativ leicht in die nicht ganz alltägliche Regenbogen-Familiensituation hineingewachsen, vielleicht begünstigt dadurch, dass sie damals noch so klein waren. Sie leben nun ihre Kindheit in dem Bewusstsein und in der Sicherheit, dass sie im Grunde zwei Familien haben und in beiden aufgehoben und willkommen sind.

Frauen liebe ich, weil es Frauen sind und nicht weil ich Männer nicht (mehr) mag oder schlechte Erfahrung gemacht habe. Es ist einfach so! Ich lebe als Mutter mit Heterovergangenheit in einer lesbischen Beziehung. Für mich ist es Normalität geworden, nichts, was ich mir auf die Stirn schreibe, aber auch nichts, was ich verheimlichen müsste. Es fühlt sich genau richtig an. Ein Gefühl, das nicht erklärbar ist, auf Umwegen gefunden wurde und nun gelebt wird.

Es gibt so viele unterschiedliche Lebensgeschichten, leichte, spannende, traurige, gerade und kurvige, bunt und individuell und das war ein Teil meiner Geschichte ... meine Coming-out-Geschichte ...

Meine Lebensgeschichte geht weiter, aber mit der Gewissheit, dass es ein Leben an der Seite einer Frau ist und sein wird.

Labradorit

42 Jahre
1 Kind (8 Jahre)
Industriekauffrau
Baden Württemberg

Wasabi lernt laufen!

Sie schlüpfte mitten in den Sechzigern in die fröhliche, herzliche rheinische Welt. Ein großes Dorf an einem langen, braunen Fluss war ihre Heimat. Ein Einzelwesen sollte sie bleiben, ein Geschwisterchen kam für die Erzeuger leider nicht in Frage. Die Eltern waren mit sich und ihrem Geschäft beschäftigt, der Vater trank viel und war als Erziehender nicht verfügbar. Manchmal war das Kind sehr alleine, spielte viel auf der Straße ... war für sich in Gedanken und somit in der Phantasiewelt verschwunden.
Beim Einkauf im Metzgerladen nannte sie sich Peter! Jedoch fand die Metzgersfrau das nicht so lustig, gab aber trotzdem

artig und wohlerzogen die Scheibe Extrafleischwurst an Wasabi und verzog den Mund spöttisch. Die Mutter trennte sich vom trinkenden Vater, der sich als sehr krank und gefährlich erwies, als Wasabi acht Jahre war. Die kleine und die große Frau lebten eine Weile alleine in einer Zweierhütte. Die Mutter von Wasabi arbeitete viel und versuchte alles, was ihnen passiert war, wieder gutzumachen. Sie mühte sich … und lebte mit vielen Ängsten!

Schon immer spielte Wasabi gerne mit Mädchen. Im Hort war sie die Nummer zwei neben BigBigi, die ganz toll Fußball spielen konnte – viel besser als die Jungs. In der Grundschule rannte sie mit acht Jahren zusammen mit der Jungsbande die Mädchen um, rempelte und rief: „Wir sind dumm und rennen alle um." Und: „Deckel hoch, das Wasser kocht" … Besonders wenn die Röcke der Mädchen hochgehoben wurden, schielte sie verschmitzt in Richtung Schlüpfer …

Den ersten Kuss von Wasabi bekam ein Junge aus dem Reitstall, in dem der Vater sein Pferd untergestellt hatte, als sie acht war. Mit zwölf erteilte sie Knutschunterricht im Schulklo … leider meldeten sich nur die männlichen Mitschüler an und so konnte sie nicht ausprobieren, wie sich ein Mädchenmund anküsst! Im Konfirmationsunterricht verliebte sie sich unsterblich in eine rothaarige zwölfjährige Schönheit mit grünen Augen, die leider nach dem Vorbereitungswochenende für die Konfirmation keinen weiteren Kontakt mehr haben wollte. Vielleicht waren Wasabis Blicke für die Rothaarige etwas zu intensiv?

Als sie etwa sechzehn war, folgte eine Schwärmerei für ein Mädel in einem zweiwöchigen Urlaub in Dänemark.

Komisch? Die vielen Schmetterlinge im Bauch, wenn die blonde Maid ihr ins Ohr pustete, waren schön und verwirrend. Auch die gegenseitigen sanften Berührungen und Briefchen, die sie sich schrieben, hinterließen ein warmes Gefühl im Bauch. Sie schenkte dem allerdings keine weitere Beachtung ... interessierte sich, weil es so üblich war, artig offiziell weiterhin für die Jungs.

Mit sechzehneinhalb Jahren bekam ein blonder Jüngling den Zuschlag für neun Jahre. Sie verstanden sich gut, hatten aber keinen innigen inneren Kontakt. Die Turnerei im Bett brachte Wasabi irgendwie hinter sich, wunderte sich aber immer wieder, dass es für sie nicht so toll war, wie die anderen Mädchen ihr immer berichteten. Etwa zur Zeit ihres achtzehnten Geburtstags verlor sie ihren Vater, der an Alkoholmissbrauch starb. Um diese schreckliche Sucht zu begreifen, versuchte auch Wasabi immer wieder mal die machtvollen Getränke.

Nach diesen Jahren dachte Wasabi ... och, wenn es jetzt mal eine weiche, sinnliche Frau ist .... wäre schön! Ich bin offen für alles ...
Doch das Schicksal schob ihr für die nächsten drei Monate einen weiteren Mann ins Leben. Er war sensibel, aufmerksam, jedoch auch bei ihm fühlte sie sich nicht angekommen!

Danach folgte eine vierzehnjährige Ehe mit einem Mann und eine gemeinsame Tochter wurde in die Welt gelupft. Nach zwei Jahren mit diesem Mann schaffte es Wasabi, das schreckliche Feuerwasser stehen zu lassen, das sie täglich einsetzte, um sich gut zu fühlen. Es folgte ein Umzug in den tiefen Süden Deutschlands an einen großen, beeindruckenden See.

Zwischendurch verliebte Wasabi sich immer wieder in ihre „besten Freundinnen". Leise Melancholie und Traurigkeit; ja das Gefühl des „Verranntseins" schlich sich manchmal ein – aber Wasabi war Ablenkungskünstlerin par excellence.

Sie ging mit der Familie, die doch nur zum Teil ihre Heimat war – viel auf Reisen. Tolle Hobbys … so konnte sie prima die wesentlichen Dinge im Leben verpassen und sich auf Nebenbaustellen tummeln. Manchmal jedoch, wenn sie zur Ruhe kam, machte sich ein unangenehmes Gefühl von Angst im Bauch breit. Sich womöglich falsch entschieden zu haben … das Leben in einem kühlen Heim zu leben. Nicht mit dem Menschen zu sein, bei dem sie sich wirklich nahe fühlen konnte … sie schöpfte ihre Kraft hauptsächlich durch ihr Kind. Erfuhr diese Liebe als ersten Kontakt zu sich selbst … und spürte erstmals, was bedingungslose Liebe ist.

Nach zehn Jahren Ehe verzauberte sie eine vierzehn Jahre ältere Waldfee. Sie brachte Wasabi viele Dinge nah, die sie bis dahin nicht hatte sehen können. Die für sie unerreichbar schienen und die sie bis dahin erfolgreich ausgeblendet hatte. Vor allem bekam sie wieder Kontakt zu sich selbst, zu ihren inneren Wünschen, zur Natur und im Besonderen zum Körper einer Frau. Oh, wie köstlich war es, darin einzutauchen! Endlich angekommen, dachte sie!

Diese Frauenbeziehung wurde als Doppelleben gelebt, die Heimlichkeiten quälten sie und sie beendete es nach anderthalb Jahren Versteckspiel. Der Geliebten wollte sie einen richtigen Platz geben oder keinen. Sie entschied sich aus Angst gegen die Liebe und amputierte ab, was nicht sein durfte! … Der Phantomschmerz blieb …

So lebte sie dann weiter im goldenen Käfig und fühlte sich eingesperrt. Eingesperrt in ihrer eigenen Angst. Im Herbst 2006 begegnete sie einer weiteren Frau, bei der erneut alle Sehnsüchte aufbrachen. Es folgte eine schmerzhafte Gastritis, Gewichtsverlust ... und einige heimliche Treffen. Da diese Frau weit weg wohnte und keine Beziehung zustande kam, verlief das Ganze dann im Sande und Wasabi litt weiterhin in ihrer Badewanne voller Selbstmitleid.

Es kam, wie es kommen musste ...
... sie wartete ab, bis es schlimm genug wurde!

Im kühlen Februar 2007 gönnte sie sich dann ein paar Tage Auszeit im Allgäu. Dort fand sie zu sich, schöpfte Kraft, kochte, malte, sang ... erfuhr in einer besonderen Focusing-Sitzung, wie es ist, in anderthalb Stunden ganz langsam aufzustehen und erste Schritte zu gehen!
Dieses langsame, bewusste Vorgehen öffnete so einige Türen in ihrem Inneren.

Nach der Heimkehr von ihrem „Besuch bei Wasabi" ging alles wie von selbst.
Der richtige Zeitpunkt war da. Sie sprach mit ihrem Mann, ihrer Mutter, ihren Freunden. Zog in einen eigenen Schlafraum in der gemeinsamen Hütte, machte es sich dort gemütlich mit vielen Büchern, Kerzen und Steinen. Gemeinsam Elternzeit in WG zu leben, so lange sich alle wohl fühlen, war von nun an die Devise.

Dort fühlte sie sich gut, befreit und hatte ihr eigenes Reich. Es folgten einige Versuche, gleichgesinnte Frauen kennenzulernen, mit denen sie weitere sehr zarte Flirt-Erfahrungen machte. Als sie über eine „Sie sucht Sie"-Seite eine Partnerin fand, ging es weiter mit dem Öffentlich-Machen und dem Schritte-Gehen ... es folgte das Outing bei der Tochter, welche es mit acht Jahren recht locker aufnahm. „Du magst Frauen?" Ich auch", war die Antwort ... Die Frage „Küsst ihr euch?" wurde mit einem schlichten Ja beantwortet. Die Kleine wuchs einfach damit auf, dass Wasabi Frauen liebt.

Letzter schwieriger Brocken waren die Schwiegereltern, die recht konservativ waren.
Vor diesem Gespräch hatte Wasabi die meiste Angst und deshalb kam es zuletzt dran. Doch selbst diese Menschen nahmen es nach einem anfänglichen Schock recht locker! Weitere Freunde, Nachbarn, andere Mütter aus der Schule folgten.

Seitdem lebt Wasabi endlich offen und frei. Sie informiert mittlerweile niemanden extra ... aber wer es wissen will, kann gerne fragen und bekommt eine Antwort. Ab und zu macht Wasabi sich einen Spaß und lässt es im Gespräch einfach so „reinplumpsen". Die bisherigen Reaktionen waren alle wohlgesonnen und freundlich.

Die dritte Frauenbeziehung hielt leider nur acht Monate, aber es war eine innige und lehrreiche Zeit − für die sie dankbar war.

Nun bastelt Wasabi an ihrem weiteren Leben. Der Noch-Ehemann möchte ein neues Leben beginnen. Er hat eine neue Liebe und freut sich des Lebens. Jahre der Dumpfheit und des Nicht-geliebt-Fühlens sind auch für ihn vorbei. Für ihn ist die Trennung vom Kind nicht einfach, dennoch hat er nun eine Frau gefunden, die schätzt und liebt, was er ist.

Ein Auszug steht für Wasabi also noch im Jahr 2008 an. Ein Halbtagsjob ist mittlerweile wieder gefunden. Weiterhin die begonnene Traumatherapie bei einer Medizinfrau fortführen … alte, bedrohliche Reaktionsmuster im Körper und Geist durch heilende Gedanken ersetzen …

Und natürlich weiteres in puncto „Nähe" zulassen, sich selbst erkunden, Neues entdecken und sich ein weiteres Einlassen auf Menschen erlauben …

Sie wird einfach weitere kleine Schritte gehen … langsam und in ihrem Tempo!

Chandra

39 Jahre
1 Kind (7 Jahre)
Einzelhandel (Teilzeit)
Baden Württemberg

Wer aufgibt, ist selbst schuld

Mein Leben verlief klassisch ... als ich vierzehn war, erlebte ich die erste große Liebe und doch war sie etwas ganz Anderes und Besonderes zugleich.

Es war meine damals beste Freundin und ich fühlte mich so wohl.

Es folgten Angst, Schuldgefühle, der Gedanke, das durfte nicht sein, das ist nicht normal.

Also beschloss ich, mein Leben zu leben, wie es „normal" zu sein schien. Hab geheiratet, einen tollen Sohn bekommen, Eigentumswohnung, beruflichen Erfolg.

Und doch war es immer da ... dieses Gefühl ... ich kann es

135

nicht so recht beschreiben, aber es war, als lebte ich nicht wirklich, als ob etwas Bedeutendes in meinem Leben fehlte. Oft dachte ich, was soll das, Mensch, du hast doch alles – und bist du glücklich?

Ich hab gemeint, ich wäre es gewesen.

Heute weiß ich, dem war nicht so.

Dann kam das Internet und damit meine Neugier. Es dauerte nicht lange und ich lernte beim Chatten eine tolle Frau kennen. Es passte alles so wunderbar. Wir schwammen auf der gleichen Wellenlänge. Sie veränderte mein Leben total. Und ich verliebte mich schrecklich in sie.

Ja, ich weiß, was viele jetzt vielleicht denken, aber eine andere Möglichkeit, eine Frau kennenzulernen, hatte ich in meinem Umfeld nicht.

Ich wusste, das will ich. Wieder packte mich Angst, richtige Angst. Alles aufzugeben und dann noch lesbisch zu leben? Das ging doch nicht und das konnte ich auch nicht. Mein Sohn war zu dem Zeitpunkt gerade mal knapp zwei Jahre alt.

Mich beschlichen Selbstzweifel … war ich egoistisch? Ich … diejenige, die immer alles für andere tat? Die nur immer für alle anderen da war?

Nein … das konnte ich nicht …

Und was tat ich meinem Sohn damit an? Das war wirklich eine sehr schwere und harte Zeit für mich. Ich kämpfte und war hin und her gerissen, wusste nicht, was richtig und falsch war. Ich war doch schon siebzehn Jahre mit meinem Mann zusammen und davon elf Jahre verheiratet. Ich hatte mich immer meinem Mann gegenüber verpflichtet gefühlt, obwohl er mich seit der Geburt unseres Sohnes nicht mehr beachtet hatte. Ich war nur noch seine Haushaltshilfe, Köchin und

Putzfrau. Er hatte mich weder mal in den Arm genommen, geschweige denn etwas anderes mit mir gemacht. Ich fühlte mich wertlos und wie ein Stück Dreck!!

Ich sehnte mich nach Anerkennung und Wertschätzung, nach Wärme und Liebe.

Es war bei ihm vergebens und aussichtslos.

So wollte ich auf keinen Fall noch weitere dreißig Jahre weitermachen. NEIN!!

Schließlich sprang ich über meinen Schatten, betrat die Höhle des Löwen, wie man so schön sagt.

Nahm allen Mut zusammen und erzählte meinem Mann alles.

Der war geschockt. Seine Frau mit einer Frau zusammen?

Dazu muss ich anmerken, dass er sehr streng katholisch erzogen wurde und seine Eltern beide schon gestorben waren.

Zudem war für ihn bis dahin alles in Ordnung gewesen.

Ich fühlte mich wie ein kleines Kind, das seine „Schandtaten" erzählte, ja, so kam ich mir vor.

Aber hinterher war ich befreit, ja, das tat sooooo gut. Mir fiel ein riesiger Stein vom Herzen.

Endlich hatte ich es geschafft. Hatte das Schlimmste hinter mir … so dachte ich.

Es folgten Beschimpfungen, Beleidigungen übelster Art. Er spielte meinen Sohn gegen mich aus und machte mich schlecht, wo er nur konnte. Er outete mich sogar bei meinen Eltern. Das war eigentlich das Schlimmste für mich, ging es doch um mich und hatte ich dies selbst machen wollen. Das wäre ein großer Schritt gewesen, aber was soll's. Meine Mutter hatte mich darauf angesprochen, ob das denn wahr wäre. Ich hab's bestätigt und sie nahm es hin. Klar sind meine

Eltern nicht begeistert, aber sie haben auf mein Leben keinen Einfluss. Ich hab mich nie kleinkriegen lassen, habe eisern meinen Weg verfolgt. Es ist mein Leben und ich hab nur eines auf dieser Welt.

Ich baute mir eine Mauer auf, lasse Schuldgefühle nicht zu, sehe, wie glücklich mein Sohn aufwächst. Und ich habe eine wundervolle Frau an meiner Seite, die mir in allen Zeiten zur Seite gestanden hat. Danke dafür ...

Im Nachhinein ... ich würde es wieder machen, ich bin so glücklich, wie ich es noch nie war.

Ich bin angekommen und auch mein Umfeld hat sich mittlerweile daran gewöhnt, auch wenn es nicht üblich in unserer Kleinstadt ist.

Mein Lebensmotto lautet:

Dinge sind nie so, wie sie sind, sie sind immer das, was Frau aus ihnen macht!

Ich möchte noch eines allen Frauen mit auf den Weg geben: Niemals aufgeben, denn der erste Schritt ist gemacht. Zu sich selbst zu stehen, ja, ich glaube, das ist das Wichtigste.

Bergweib

42 Jahre
2 Kinder (13 und 15 Jahre)
Tagesmutter
Berlin

Es war ein kleiner Moment, der mein Leben von Grund auf ändern sollte, der all das, was ich bis dahin für wichtig gehalten hatte, in Frage stellte und mich in einen unaufhaltsamen Strudel der verschiedensten Gefühle mitnahm.

Mir war unsere kleine Familie immer sehr wichtig und für mich war klar, dass ich mit meinem (jetzigen Ex-)Mann zusammenbleibe und wir uns mit unseren beiden Mädels, damals ca. sieben und neun Jahre alt, ein schönes Leben machen. Wir verstanden uns gut, waren ein tolles Team, hatten alles, was man so braucht, eine schöne Wohnung, Jobs, von deren Gehalt wir gut leben konnten, waren gesund, hatten tolle Freunde, boten ein harmonisches Familienbild.

Das war der Stand der Dinge, als ich den kleinen Laden betrat, in dem ich mehrmals die Woche einkaufen ging. Ich öffnete die Ladentür, schaute in ein Augenpaar und es war so, als ob mir jemand mit der Faust in den Magen schlägt. Meine Knie wurden weich, ich bekam einen Kloß im Hals und konnte mich überhaupt nicht mehr auf meine Einkäufe konzentrieren. Eine Erklärung für diesen komischen Zustand hatte ich nicht. Die darauffolgende Zeit führte mich immer öfter in diesen Laden, manchmal sogar zweimal täglich, weil ich etwas „vergessen" hatte. Es war wie ein Sog und ich konnte nichts daran ändern. Langsam entwickelten sich Gespräche zwischen uns, die teilweise sehr intensiv waren. Ich erfuhr einiges von ihr und irgendwann bei einem dieser Gespräche outete sie sich und sagte mir, dass sie frauenliebend sei. Da war er wieder, der Schlag in den Magen, alles in mir war in Aufruhr. Ich konnte diese Gefühle, die in mir waren, nicht zuordnen und stand fast zwei Jahre lang vollkommen neben mir, fragte mich, was mit mir los sei. Es hat wirklich soooo lange gedauert, bis ich gerafft habe, was mit mir los war, und ich mir einstand, verliebt zu sein – in eine Frau!!!

Es folgte eine ziemlich harte Zeit für mich. Denn mit diesem Eingeständnis war klar – etwas musste passieren. Eine liebe Freundin, der ich mich anvertraute, sagte zu mir, ich müsse es ihr sagen. Das erschien mir undenkbar, ausgeschlossen. Zu dieser Zeit fing ich auch an, mit meinem Mann über unsere Ehe zu reden. Dass etwas fehlte, hatten wir ja schon seit längerem bemerkt, wir wussten nur nicht, was. Nach und nach, innerhalb von ein paar Wochen, hatte ich ihm mehr und mehr von meiner Gefühlswelt erzählt und unseren zwölften Hochzeitstag verbrachten wir weinend beim Griechen, nicht wissend, wie es weitergehen sollte.

Eines Morgens wachte ich auf und wusste, heute ist der Tag. Ich war irgendwie ganz ruhig – es war so weit! So konnte ich nicht mehr weitermachen!

Und wieder betrat ich diesen Laden, der mir so vertraut geworden war in der Zeit, in dem ich mich so wohl fühlte, der mir so viel bedeutete – und bat sie um ein Gespräch. Da sprudelte alles aus mir raus, dass ich mich zwei Jahre zuvor auf den ersten Blick in sie verliebt hätte, wie es mir damit gehe, wie es mir mit meinem Mann gehe – alles kam da aus mir heraus. Sie war total von den Socken, kannte sie mich doch als verheiratete Frau mit zwei Kindern! Nun ja, die Verwirrung stand ihr ins Gesicht geschrieben und sie wusste gar nicht, was sie sagen sollte. Aber so viel war klar, meine Gefühle wurden nicht von ihr erwidert. Sie mochte mich und wollte auch ab und an etwas mit mir „in der Szene" unternehmen, damit ich erstmal gucken könnte, ob es das überhaupt ist, was ich wollte.

Ich spazierte nach Hause und war erstmal nur froh, dass es ausgesprochen war, dass ich Klarheit hatte. Die Gefühle wurden nicht erwidert, auch gut. Dann konnte ja alles bleiben, wie es war. Dachte ich. Meinem Mann erzählte ich sofort von diesem Gespräch und wir überlegten, es doch noch einmal miteinander zu versuchen. Nachdem wir uns auch körperlich nähergekommen waren, wachte ich am nächsten Morgen weinend auf.

Ich konnte nicht mehr, es ging nicht! So nicht! Ich hatte mir etwas vorgemacht. Es war vorbei. Nun wusste ich, was mir fehlte und uns war klar, dass er es mir nicht geben konnte. Wir waren beide sehr traurig, wussten wir doch, wir mögen uns, lieben uns aber nicht, können gut miteinander leben, aber nicht so wie Mann und Frau. Es fehlte einfach etwas.

An diesem Morgen trennten wir uns. Erstmal so, gefühlsmäßig. Wir waren gerade einen Monat zuvor in eine größere Wohnung gezogen und machten aus dem Wohnzimmer sein Zimmer und das Schlafzimmer wurde mein Zimmer. Ein Jahr lang lebten wir noch als WG zusammen. Den Kindern erklärten wir, dass wir uns nicht mehr so lieb haben, aber mögen, und uns jetzt erstmal so daran gewöhnen möchten.

Es war ein gutes Jahr. Wir haben uns miteinander voneinander abgenabelt. Es gab nie Streit, wir haben viel, auch mit den Kindern, geredet. Irgendwann kam dann mal das Thema auf, dass ich ja vielleicht irgendwann einen anderen Mann haben würde. Ich sagte zu meinen Mädchen, wieso, ich könne mich doch auch in eine Frau verlieben. Stück für Stück fing ich an, meine Kinder an diesen Gedanken zu gewöhnen, dass es egal ist, ob Mann oder Frau, wichtig ist, dass man sich liebt.

Unseren Freundeskreis weihten wir auch nach und nach ein. Für alle war es o.k. so, wie es war. Es hat allen leid getan, dass wir auseinander gegangen sind, aber niemand hatte ein Problem damit, dass ich auf einmal sagte, ich sei lesbisch. Meine Mama konnte nur nicht verstehen, wieso ich das auf einmal wusste, ich hatte es doch noch nie ausprobiert. Aber für mich war es klar!

Nun hatte ich nur das Problem, andere Leute, ganz besonders andere Frauen kennenzulernen. Zu dieser Zeit dachte ich nämlich, die einzige Frau auf diesem Planeten zu sein, die Kinder hat und dann feststellt, dass sie sich zu Frauen hingezogen fühlt. Ich googelte und landete bei IsaRion. Es war wie Ankommen … Ich hatte auf einmal das Gefühl, normal zu sein, nicht allein dazustehen. Es gab mehrere von meiner Sorte!! Unfassbar!

Nachdem ich zwei Wochen dort angemeldet war, lernte ich meine jetzige Partnerin kennen. Es entwickelte sich zarter Chat-Kontakt, Mail-Kontakt, dann Telefonate und dann das erste Treffen! Mann, war das spannend! Als ich auf dem Bahnhof stand, um sie in Hamburg zu besuchen, dachte ich noch, was mach ich hier eigentlich …? Aber ich schmiss alle Bedenken über Bord und stürzte mich in dieses große Abenteuer. Tja, nun sind wir schon über drei Jahre zusammen und führen eine Fernbeziehung. Dies ist sicherlich nicht die Lösung auf Dauer, aber momentan für uns nicht anders machbar.

Meine Mädchen haben von Anfang an mitbekommen, was zwischen ihr und mir lief. Naja, war ja auch nicht zu überhören, ständig klingelte das Telefon oder kam eine SMS. Die sind fast verrückt geworden von dem Gebimmel. Meine jüngere Tochter fragte mich irgendwann, ob ich A. lieb habe und ich sagte einfach nur ja. Damit war das Thema für sie geklärt. Mit meiner älteren Tochter wollte ich dann auch Klarheit haben und fragte sie, ob sie wüsste, wie ich zu A. stünde. Sie reagierte erst genervt und meinte, das interessiere sie nicht. Und dann sagte sie: „Na, ihr liebt euch." Damit war dann auch mit ihr alles geklärt.

Die Einzigen, die es noch nicht wussten, waren mein Vater und seine Frau. Schwer krank, wollte ich sie damit nicht belasten. Aber es musste ja irgendwann gesagt werden und so traf ich mich mit meinem Vater in einem Restaurant. Erst erzählte ich ihm von der Trennung von meinem Mann. Dies hätten sie sich schon gedacht, weil ich auf einmal so viel alleine unternommen hatte, war seine Reaktion. Dann fragte er mich, ob denn einer von uns beiden einen neuen Partner habe, und ich sagte, ich hätte jemanden. Aber nicht so, wie er denke.

Er legte sein Besteck zur Seite und sah mich fragend an. Mir schlug das Herz bis zum Halse, als ich ihm sagte, dass ich eine Partnerin habe. Seine Reaktion war so toll! Er sagte, dass es viele verschiedene Wege gäbe, um glücklich zu werden, und wenn das mein Weg sei, wünsche er mir alles Glück dieser Welt. Wow! Ich flog fast auf meinem Rad nach Hause, ab in den Chat zu IsaRion und alle freuten sich mit mir. War das schön!

Rückblickend kann ich sagen, es war gut so, genauso war es richtig. Jederzeit ehrlich mit mir selber und zu meiner Familie, ganz besonders zu meinem Mann, von dem ich jetzt seit einem halben Jahr geschieden bin. So selbstverständlich, wie ich mein Outing angenommen habe (nachdem es mir dann klar geworden war), so selbstverständlich hat es auch mein Umfeld aufgenommen.

Ich möchte alle Frauen ermutigen, die diese Seite an sich entdecken, zu sich zu stehen und sich auf den Weg zu machen! Es lohnt sich! Sich selber treu zu sein und zu sich zu stehen, an sich zu glauben – was gibt es Schöneres, Wertvolleres?

Kim

49 Jahre
4 gemeinsame Kinder
berufstätig
NRW

Viele und ganz verschiedene Coming-outs

In meiner Jugend habe ich niemals den Gedanken gehegt,
eine Lesbe zu sein. Ich wuchs auf in der Annahme, heterosexuell zu sein – genau genommen habe ich über diesen
Umstand nicht nachgedacht. Wie die anderen machte auch
ich meine ersten Erfahrungen mit dem anderen Geschlecht –
darüber gibt es nichts Besonderes zu berichten. Ich hatte den
Eindruck, es lief normal. Vielleicht war ich ein wenig eine
Spätzünderin, aber auch davon gab es ja noch andere.
Irgendwann, beim Philosophieren über Verliebtsein und Liebe, kam mir der Gedanke, dass es daneben noch eine Kategorie von Partnerschaft gab: die Kategorie III der Wir-sind-

irgendwie-zusammengekommen-Paare.

Meine Partner fielen in diese Kategorie. Eigentlich hatten wir uns nicht wirklich etwas zu sagen. Gab es überhaupt Verliebtheit? Liebe war es sicher nicht. Mit meinen Freundinnen und Freunden aus der Clique konnte ich alles bereden, aber nicht mit meinen Partnern. Das fand ich eigentlich nicht wirklich gut und beschloss: Beim nächsten Freund wird alles anders, es wird keiner aus Kategorie III mehr genommen. Ich will einen Partner, der zugleich bester Freund ist!

So weit zur Theorie und es folgten tatsächlich ein paar Jahre Single-Dasein bis … bis es ganz anders kam als gedacht.

Bis ich abends um 20.25 Uhr vor rund fünfundzwanzig Jahren eine meiner besten Freundinnen küsste. Oder wurde ich geküsst? Es war ein Dammbruch ohne Vorwarnung, es war berauschend, passend, ehrlich und grenzenlos gut.

Kurze Zeit hatten wir Angst, ob die körperliche Liebe unserer sehr guten Freundschaft schaden würde, der Fortbestand unserer Freundschaft wäre uns wichtiger gewesen. Aber nein, im Gegenteil. Unsere Freundschaft hatte sich in Liebe gewandelt, geistig und körperlich und gleichgeschlechtlich.

Wir benötigten schon ein paar Monate, all dies für uns selbst zu analysieren und klar zu bekommen. Doch die Zeit und Ruhe hatten wir.

Irgendwann ließen wir unsere Freunde und später auch unsere Familien wissen, dass unsere Beziehung nun tiefer ging und zu einer Lebensgemeinschaft geworden war. Wir haben dabei keinerlei negative Erfahrungen gemacht. Es gab Mitmenschen, denen es (oder wir?) völlig egal war, andere haben sich mit uns und für uns gefreut. Unsere Ängste im Vorfeld waren unbegründet. Ganz wenige brauchten etwas Zeit, „das" zu überdenken und einzuordnen, mussten mal drüber reden, waren etwas überrumpelt, aber es kam in jedem Fall im Laufe der Wochen und Monate zu einem für uns positiven Ergebnis.

Nach unserer Berufsausbildung fassten wir nach und nach Fuß in der Arbeitswelt. Wir bekamen Kinder und wurden sesshaft. Die erste Tauffeier war für uns eine sehr schöne Erfahrung: ein großes, schönes Familienfest. Egal, ob biologische oder soziale Verwandtschaft, für die zwei Großelternpaare war es das erste Enkelkind. Es folgten weitere.

Für uns waren unsere Beziehung und unser Alltag Normalität. Ebenso für unsere Familien und unser Umfeld. So war es auch für unsere Kinder, als sie klein waren. Sie kannten auch noch andere Familienformen. Unsere Nachbarn mit den Adoptiv- und Pflegekindern, alleinerziehende Freundinnen, unverheiratete Freunde mit Kindern aus verschiedenen Partnerschaften. Oh doch, wir hatten auch ein, zwei konventionelle Familien im Freundeskreis. Für die Kinder war alles „normal". Von Anfang an pflegten wir enge Kontakte zu anderen Regenbogenfamilien. Unseren Kindern war in frühen Jahren nicht bewusst, dass unsere Familienform recht selten oder gar ungewöhnlich war.

Von Anfang an outeten wir uns als Regenbogenfamilie: im Kindergarten, im Sportverein, beim Kinderarzt, in den Schulen. Wir haben damit beste Erfahrungen gemacht. Die Erzieherinnen, Lehrerinnen und Lehrer haben das gut aufgenommen und waren, so weit möglich, sensibilisiert. Ja, es gab schon manche Situation, wo der ein oder anderen Person Fehler unterliefen, aber verzeihliche, kleinere Fehler, sicher ohne negative Folgen für die Kinder.

Heute gehen sie mehr und mehr ihre eigenen Wege. Sie erzählen, dass sie bei zwei Müttern aufwuchsen, wenn sie es wollen. Und wir beobachten, dass sie sich und uns zumeist outen und das mit Stolz.

Als es uns rechtlich ermöglicht wurde, feierten wir groß Hochzeit. In diesem Punkt hatten unsere heterosexuell lebenden Geschwister einen Vorsprung, obwohl wir nach Jahren gezählt das am längsten bestehende Paar bilden.

Und wir haben auch, so früh es ging, die Möglichkeit einer Stiefkindadoption genutzt, so dass unsere Kinder nun rechtlich gleichwertig abgesichert sind, wie Kinder aus einer Heteroehe. Ein ständiges Outing, diesmal bei Behörden und Ämtern.

Im Rückblick betrachtet liest sich alles leicht und positiv. Doch leicht war es nicht immer. Die eigene Prägung zu analysieren, ausgetretene Pfade zu verlassen, Neuland zu erobern, fehlende Vorbilder, Klischees zu überwinden, nicht vorhandene Rollen, mit den eigenen Ängsten und Befürchtungen umzugehen – all das immer und immer wieder. Es benötigt Anlauf und Energie, doch es wird zu einer Art Normalität und damit auch leichter. Uns geht es gut und es war sicher eine meiner allerbesten Entscheidungen, meine Frau zu küssen – oder hat sie mich geküsst?

Rose

41 Jahre
1 Kind (9 Jahre)
berufstätig (Vollzeit)
NRW

Nun suche ich nach dem Anfang meines Coming-outs ... und irgendwie kann ich die Grenzen zwischen „in" und „out" nicht klar setzen.

Es kommt mir fast so vor, als hätte ich keines gehabt. Zumindest nicht mir selbst gegenüber. Ich hatte nicht die einschneidende Eingebung oder das „Ach so, das erklärt alles"-Erlebnis. Ich bin lesbisch. Ich liebe Frauen, ich habe mich immer schon für das weibliche Geschlecht interessiert, soweit ich mich erinnern kann. Schon in meinen Kindheitsträumen war ich der Prinz, der die Prinzessinnen rettet, ich war der Cowboy, der die Damenwelt beeindruckte und ich war immer the Lonesome Rider unter der Sonne des Südens und beim Erobern der Frauenherzen.

Schon in frühesten Kindheitstagen war es so … ich war der beste Kumpel der Jungen und die selbstbewusste Freundin der Mädchen.

Wie oft habe ich diese Sprüche der Erwachsenen gehört, dass an mir ein Junge verloren gegangen sei. Mein Vater genoss es und meine Mutter gab schon recht früh die spärlichen Versuche, mich in Kleidchen zu drängen, auf.

Je älter ich wurde, desto mehr bemerkte ich, dass ich Mädchen auf eine andere Art und Weise nett fand. Sie berührten mich. Ich merkte, dass ich bei der einen oder anderen ein Kribbeln im Bauch bekam und dass ich wohl auf andere Dinge achtete als die anderen.

Darüber gesprochen habe ich eigentlich nicht. Ich sah darin keine Notwendigkeit, denn ich war einfach ich und es war ehrlich, so wie ich war und es wurde so angenommen und keiner stellte Fragen, auf die ich hätte antworten müssen. Meine Teenager-Zeit verlief also klassisch. Verliebt in eine Freundin, der erste Kuss, die große Liebe, dann interessierte sie sich irgendwann für einen Jungen.

Ich mich allerdings nicht, dabei kannte ich sehr viele Jungen. Ich war in vielen Sportabteilungen aktiv, die halt eher jungenspezifisch waren, und ich war noch immer ein guter Kumpel und wir hatten viel Spaß.

Nun ja, je älter ich wurde, umso mutiger wurde ich. Hatte hier und da mal eine kurze intimere Bekanntschaft mit Frauen, aber keine wirklich große Liebe. Ich liebte Frauen und es war gut so. Ich habe es niemals in Frage gestellt, ich war nicht wirklich hin und her gerissen. Es war so eindeutig, das selbst meine Mutter es mir mal im Streit um die Ohren warf und ich einfach nicht widersprach, was sie, zugegeben, ein wenig in Rage brachte.

Natürlich sah ich zu der Zeit auch nicht wirklich den Grund, weshalb ich mich überall hätte outen sollen. Mir war schon klar, dass es nicht überall positiv aufgenommen würde und ich dachte mir, nun ja, es ist zu sehen und wer wegschaut, der will es eben nicht sehen.

Mit zweiundzwanzig beschloss ich, mich beruflich zu verändern, und ich ahnte nicht, welche Veränderungen das nun alles auslösen würde. Die Sympathie zu meiner neuen Kollegin wurde nach kurzer Zeit eine Freundschaft, dann eine Beziehung und eine sehr schöne Zeit. Insgesamt fünf Jahre. Wir haben uns nie und nirgends geoutet, sondern irgendwie war es, wie es war und keiner hat Fragen gestellt. Meine Eltern hatten wie immer das Scheinbild für sich entwickelt, das wir beste Freundinnen waren. Ich denke, das lag daran, dass auch sie lieber nur das sehen, was sie sehen wollen und auch nicht wirklich die Wahrheit wissen möchten, obwohl sie sie, denke ich, eigentlich kennen.

Diese Beziehung lief dann langsam auseinander mit ihrem Wunsch nach Kindern. Zum Kinderkriegen braucht frau einen Mann, war ihre Devise. Fand einen und heiratete. Ich muss dazu bemerken, dass ich auf ihren Wunsch mit in die Flitterwochen gefahren bin. Ich starb tausend Tode zu der Zeit, was tut frau nicht alles aus Liebe. Die Ehe hielt kein Jahr, es wurden auch keine Kinder gezeugt, also eigentlich irgendwie alles umsonst. Der Weg ins normale Heteroleben somit für sie erstmal gescheitert. Wir kamen nicht wieder als Paar zusammen, befreundet sind wir noch heute, aber nach all den Verletzungen war meine Liebe abgestumpft.

Zur Zeit ihrer Ehe stellte ich dann mein eigenes Leben sehr in Frage. Ich liebte Frauen, aber war ich glücklich? Immer die Starke sein, die die alles regelt, sich kümmert und sich emotional alles abverlangt, wollte ich das?

In dieser Zeit lief mir dann mein jetziger Ehemann über den Weg. Eigentlich dasselbe Gefühl wie immer. Netter Typ, lustig, freundlich, lieb.

Ich fühlte mich aufgehoben, hatte plötzlich das Bedürfnis, mal so Frau sein zu wollen wie die anderen. Wollte jemanden, der mal für mich macht und tut. Und überhaupt hatte ich es satt, ständig stark und selbstbewusst zu sein. Er tat mir gut. Warum genau, weiß ich eigentlich nicht, aber ich redete mir ein, jetzt einen starken Partner zu haben, und ich habe ihn sehr gern. Wir harmonierten sehr miteinander und das ist auch noch heute so. Nach dreimaligem Heiratsantrag sagte ich ja und meine Mutter fand das, glaube ich, alles eher merkwürdig, zumindest sprühte sie nicht über vor Glück.

Vor acht Jahren wurde unsere Tochter geboren und ich dachte, das ist jetzt alles das, was dich glücklich macht.

Meine Tochter macht mich sehr glücklich, meine Ehe ist eine Wohngemeinschaft und mein Mann mein bester Freund. Vor ungefähr vier Jahren merkte ich, dass ich mich einfach nicht mit meinen Gedanken und meinem Herzen von Frauen trennen konnte. Die Sehnsucht nach einer Frauenliebe, nach der Frau meines Lebens, einem Leben mit einer Frau, nach einem offenen lesbischen Leben wurde immer stärker. Hatte ich es zwar unterdrückt und aus meinem Kopf verbannt, aber niemals aus meinem Bauch und Herzen. Noch immer interessierten mich Frauen, noch immer machten mich interessante Frauen an und noch immer waren meine Phantasien und Träume nur auf Frauen bezogen. Ich sehnte mich nach weichen Händen, wunderschönen Körpern und nach Zärtlichkeiten, wie eben nur Frauen sie Frauen geben können. Also fing ich wieder an, meine lesbische Literatur zu erweitern, kaufte mir wieder Filme mit lesbischem Inhalt und merkte, wie gut es mir tat. Versank wieder in Träumen und

Phantasien und meinen Sehnsüchten. Ich war wieder auf den Weg zu mir! Ich fing an, mich in lesbischen Foren anzumelden und Kontakte zu knüpfen. Irgendwann kam ich natürlich auch zu IsaRion. Über dieses Forum habe ich meine Frau kennengelernt. Das ist jetzt fast zweieinhalb Jahre her.

Sie hat mich „berührt", mein Herz getroffen und ich wusste schon nach sehr kurzer Zeit, es gibt kein Zurück. Da ist mein Hafen, mein Ziel, dorthin gehören ich und mein Leben. Keine vier Monate nach unserem Kennenlernen sprach ich mit meinen Mann, sagte ihm, dass ich sie liebe und dass ich lesbisch bin und eigentlich immer war. Er war erst getroffen, hatte Angst, aber er war nicht wirklich entsetzt, denn auch er hätte es eigentlich wissen müssen. Und er sagte mir auch, dass er das wohl auch geahnt hatte. Irgendwann später erzählte ich auch einigen meiner langjährigen Freundinnen ganz selbstverständlich von meiner Liebe zu meiner Freundin. Das war dann wohl alles unter den Begriff „Coming-out" einzuordnen, aber es war nie eine große Erkenntnis sozusagen.

Ich kann nicht sagen, dass ich bisher wirklich negative Erfahrungen gemacht habe, was sicherlich auch noch von dem ein oder anderen kommen mag mit der Zeit. Aber mit jedem einzelnen Outing merkte ich, es tat so gut, es erzählen zu können. Bisher hatte ich eher Enttäuschung, es nicht schon früher gesagt zu haben, erfahren – bis hin zum: „Sag mal, mir war das doch schon lange klar."

Meine Frau ist schon einige Schritte weiter als ich, sie ist zwar noch verheiratet, lebt aber getrennt und war schon vor mir geoutet und das aber auch im kompletten Familienkreis. Ich bin auf dem Weg.

Noch führen wir eine Fernbeziehung, leben nicht wirklich weit voneinander entfernt, wir sehen uns regelmäßig, fahren zusammen mit unseren Kindern in Urlaub. Wie gesagt, viele wissen von uns auch als Paar, aber wir leben noch nicht zusammen. Wir nehmen uns beide die Zeit, die wir brauchen. Denn wir wollen unseren Weg gemeinsam gehen und die besten Voraussetzungen schaffen. Das hat vielerlei Gründe, u. a. natürlich auch unsere insgesamt vier Kinder, unsere berufliche Situation, die zurzeit noch bestehenden Ehen, finanzielle Verpflichtungen und einiges mehr. Unsere Situation ist und soll nicht eine Lösung auf Dauer sein, aber wir haben ein gemeinsames Ziel und die Liebe zueinander.

Ich fühle mich wieder „ganz". Ich fühle mich wieder bei mir angekommen und diese Liebe erfüllt mich und macht mich wieder lebendig. Vielleicht habe ich in diesem Sinne kein wirkliches Outing vor anderen. Ich renne nicht umher und sage jedem, dass ich lesbisch bin. Ich sage es, wenn ich gefragt werde.

Ein weiterer Grund ist sicherlich auch, dass ich noch mit meinem Mann zusammenlebe. Er akzeptiert es und weiß es und bat mich, solange wir noch unter einem Dach wohnen, es nicht durch das ganze Dorf zu tragen, damit sich nicht jeder einmischt und ihn anspricht.

Ich denke einfach, mein Outing ist die Tatsache, dass ich wieder ich bin und es auch ausstrahle.

Ich liebe meine Frau, sie ist der Mensch, mit dem ich alt werden möchte. Sie ist mein Bei-mir-angekommen-Sein und mein Hafen.

Wenn ich mir nun rückblickend mein bisheriges Leben ansehe und an meine allerbeste Jugendfreundin denke, die nun schon seit über sechzehn Jahren mit ihrer Frau zusammenlebt, dann frage ich mich, was es für mich bedeutet, „in" oder „out" zu sein. Vielleicht war ich ohne viele Worte eigentlich immer schon geoutet. Wir wussten es jedenfalls voneinander, ohne es jemals auszusprechen, schon als Kinder, und vielleicht war der Einstieg in das heterosexuelle Leben mit Ehe und allem, was dazu gehört, ein Versuch des „Coming-in", in die der Norm entsprechenden Lebensverhältnisse.

Aber ich bin nun mal ich. Ich kann und will nicht wegrennen vor dem, wie ich bin, was ich bin und warum ich es bin.

Ich kann lieben, ich darf lieben und ich werde geliebt. Was gibt es Wertvolleres?

Taka-Tuka

39 Jahre
2 Kinder
berufstätig (Teilzeit) und
Psychologiestudium
Norddeutschland

Mein Weg

Das Leben ist für mich wie ein Weg und jeder Schritt auf diesem Weg,
auch wenn er nicht immer gerade verläuft, führt uns letztendlich zum Ziel.
Es gibt Zeiten im Leben, da kennen wir unseren Weg, und es gibt Zeiten,
da verlaufen wir uns. Es gibt Momente, da stehen wir vor Abgründen,
und manchmal enden wir in Sackgassen und müssen umkehren. Es gibt
Augenblicke im Leben, wo wir an Kreuzungen stehen, wo es keinen Weg-
weiser gibt und wir entweder selbst entscheiden oder uns von anderen beein-
flussen lassen, welche Richtung wir einschlagen. Manchmal stehen wir vor
einem scheinbar unüberwindbaren Berg und manchmal geht es schneller
abwärts, als uns unsere Füße tragen können. Manchmal tappen wir
durch Nacht und Nebel und manchmal strahlt uns die Sonne direkt

ins Gesicht. Einige Menschen begleiten uns ein Leben lang, andere ver-
schwinden so schnell, wie sie gekommen sind. Manche Menschen legen
uns Steine in den Weg, manche Menschen tragen uns ein Stück, wenn
wir allein nicht mehr weiter können. Jeder Mensch hat seinen ganz per-
sönlichen Lebensweg. Das Folgende ist ein Abschnitt meines Weges.

Ich hatte meinen Mann aus Liebe geheiratet. Ich wollte mit
ihm durch dick und dünn gehen bis ans Ende meiner Tage.
Ich hätte mir ein Leben ohne ihn nicht vorstellen können,
doch über die Jahre fühlte ich mich immer mehr vernachläs-
sigt und immer mehr Risse taten sich auf. Der Alltag, seine
Karriere und immer weniger Zeit, die er sich für mich und
die Kinder nahm, nagten an mir. Dennoch suchte ich immer
wieder seine Nähe, organisierte Wochenenden zu zweit und
tat alles mir Erdenkliche, um unsere Beziehung aufrecht zu
erhalten.
Ich hatte das Gefühl, ich pustete in einen kaputten Ballon,
und spürte, wie mir langsam die Luft ausging. Von außen waren wir immer noch eine glückliche Familie, doch tief in mir
sah es anders aus. Ich hatte das Gefühl, eine vertrocknete
Pflanze zu sein, die seit Jahren nicht mehr gegossen worden
war.

Ich war vierunddreißig Jahre alt, seit dreizehn Jahren verheiratet und hatte zwei kleine Kinder, als ich sie das erste Mal
sah. Ich begegnete ihr während einer Studienwoche. Etwas
an ihr faszinierte mich. Unsere Blicke fanden sich immer wieder während der Vorträge. In der freien Zeit liefen wir uns
immer wieder zufällig über den Weg. Ihre Blicke, ihr Lächeln,
ihre versteckte Aufmerksamkeit und das Knistern zwischen
uns waren aufregend und beängstigend zugleich. Die Woche
verging wie im Flug. Wir tauschten E-Mail-Adressen und

Telefonnummern aus und auf der Fahrt nach Hause konnte ich an nichts anderes denken als an sie. Ich hatte keine Ahnung, dass diese Frau mich an eine Kreuzung führen würde, an der ich schon einmal gestanden hatte.

Es folgten ein unermüdlicher E-Mail-Austausch und endlose Telefonate. Ich spürte, wie die vertrocknete Pflanze in mir wieder zu leben begann. Die eine Hälfte von mir hoffte, diese Gefühle basierten nur auf meiner blühenden Phantasie, die andere Hälfte ahnte anderes. Ich musste sie einfach wiedersehen. Ich musste wissen, ob diese Gefühle wirklich waren. Die Stunde im Flugzeug kam mir vor wie eine Ewigkeit. Die Schmetterlinge im Bauch und die unendliche Vorfreude, sie wiederzusehen, tobten wie ein Orkan in mir. Ich hatte Angst, dass ich mir das alles nur eingebildet hatte, und noch größere Angst davor, dass es doch pure Realität war. Ich versuchte, mein Inneres zu bändigen, was mir auch gelang, bis ich sie in der Wartehalle sah. Wir lächelten uns an, umarmten uns schüchtern und Angst und Freude schlugen gleichzeitig ein wie ein Blitz: Meine Gefühle für sie waren die pure Realität!

Die nächsten zweiundfünfzig Stunden verbrachten wir im Liebesrausch. Körperlich erschöpft und emotional auf Wolke sieben kehrte ich nach Hause zurück. Ich schlüpfte wieder in meine Rolle als Mutter, Ehefrau, Tochter, Schwester und Freundin. Zurück in ein mir so vertrautes Umfeld, mit all den dazugehörigen Verantwortungen, Pflichten und Freuden. Wir trafen uns noch ein zweites Mal, aber kurz danach verschwand sie so plötzlich aus meinem Leben, wie sie hereingetreten war. Heute kann ich verstehen, warum sie so handeln musste, aber damals brach eine Welt für mich zusammen.

Nun war ich alleine mit meinen Gefühlen. Ich wollte hinausschreien, wie es um mich stand. Aber ich konnte nicht. Ich
hatte das Gefühl zu ersticken. Ich dachte zu dieser Zeit wirklich, ich bin die einzige Frau auf dieser Welt, die verheiratet
ist, zwei Kinder hat und sich in eine Frau verliebt hatte. Ich
fühlte mich so endlos einsam und verlassen. Mein schlechtes
Gewissen, meine Angst, die Ungewissheit, die Selbstzweifel,
meine Scham und meine Trauer quälten mich täglich. Es wäre
ein Leichtes gewesen, wieder in mein altes Leben zurückzukehren, ohne dass irgendjemand etwas bemerkt hätte. Aber
ich war wie erstarrt. Ich konnte weder vor noch zurück. Ich
wusste nicht, wohin.

Sie hatte eine Tür in meinem Herzen aufgerissen, die ich
vor vielen Jahren sorgfältig verriegelt hatte. Diese stand nun
sperrangelweit offen und ich bekam sie nicht mehr zu. Die
Bilder von damals tanzten schonungslos vor meinen Augen:
meine erste große Liebe. Wir waren sechzehn und lebten unsere Beziehung zwei Jahre im Geheimen. Wir hatten nicht
den Mut gehabt, uns zu outen. Zu groß war die Angst vor
den Eltern gewesen, die Angst vor der Verachtung und dem
nicht zu entkommenden Druck der christlichen Erziehung.
Letztendlich zerbrach unsere Liebe daran.

Ich haderte mit Gott, der Welt und insbesondere mit mir
selbst. Ich fragte mich immer wieder: Warum ich? Warum
jetzt? Ich fühlte mich wie zweigeteilt. Das eine Ich, das mit
all seiner Kraft versuchte, wieder in seine gewohnte Welt zu
schlüpfen, und sich nichts sehnlicher wünschte, als die Fa-
milienwelt aufrechtzuerhalten, den Kindern eine glückliche
Familie zu geben und dem Mann eine gute Ehefrau zu sein.
Das andere Ich, das eine unbändige Sehnsucht hatte, die
vertrocknete Pflanze zu pflegen, um sie eines Tages in ihrer

vollen Blüte zu sehen. Ich war mein größter Feind in dieser Zeit. Ich quälte mich mit Selbstvorwürfen, Ängsten und Zweifeln. Ich stand auf einer Kreuzung. Mein Verstand zeigte in eine Richtung, mein Herz in eine andere.

An dem Tag, an dem ich meinem Mann von allem erzählte, folgte ich der Richtung meines Herzens.

Ich war nicht vorbereitet auf das, was vor mir lag. Ein Wechselspiel zwischen eisigem Schweigen und tobenden Wutausbrüchen seinerseits machten mich zum Flüchtling. So oft ich konnte, floh ich in meine Heimatstadt. Ich musste einfach nur raus und weg. Schwul-lesbisches Ambiente zog mich magisch an. Ich fragte mich immer wieder, was ich hier eigentlich machte, und war gleichzeitig fasziniert von der mir unbekannten Größe und Vielfalt dieser Gemeinschaft.

Auf einem meiner Streifzüge fiel mir eine Frau auf. Wir kamen ins Gespräch und es vergingen keine drei Sätze, bis ich ihr erzählte, dass ich verheiratet bin und zwei Kinder habe. Auf ihre fast empörte Frage, was ich denn dann hier machen würde, sagte ich etwas aus tiefstem Herzen und überraschte damit uns beide: Ich wollte mal wieder unter Menschen sein, die so denken und fühlen wie ich. Dieser Moment war wie ein Zauber und seitdem sind wir ein unzertrennliches Paar. Ich kenne keine andere Frau, die so einfühlsam, liebevoll, aufmerksam, geduldig und begehrenswert ist. Ich liebe ihre emotionale Intelligenz, ihren unermüdlichen Gerechtigkeitssinn und ihre ehrliche, offene und herausfordernde Art. Ich fühle mich von ganzen Herzen geliebt und geborgen und sie schafft es jeden Tag aufs Neue, mich auf allen Ebenen zutiefst zu berühren.

Mein schwerstes Outing war eindeutig das mir selbst gegenüber. Als diese Hürde endlich genommen war, hatte ich die innere Stärke gefunden, meinem Umfeld gegenüberzutreten, welche Reaktionen auch immer da auf mich warten würden. Es folgten Gespräche mit meinen Eltern, Geschwistern und ein paar auserwählten Freunden.

Einige von ihnen waren sehr überrascht, jedoch waren die Reaktionen insgesamt wesentlich positiver, als meine Angst mich hat glauben lassen. Selbst meine Mutter, die leider auch heute noch Homosexualität als Sünde betrachtet, liebt mich als ihre Tochter und respektiert meine Entscheidung.

Das Outing meinen Kindern gegenüber fiel mir persönlich sehr schwer und ich habe es lange hinausgezögert. Sie waren traurig, wütend und hatten Angst. Es brauchte einige Zeit, bis sie meinen Weg akzeptierten. Mit viel Liebe und Geduld haben sich mittlerweile Ängste und Unsicherheiten gelegt und sie haben beide meine Partnerin in ihr Herz geschlossen.

Dieser Abschnitt meines Weges war keinesfalls leicht. Die Scheidung war eine unbarmherzige dreijährige Schlacht und ich musste lernen, für meine Rechte zu kämpfen. Die Kinder und ich sind zurück in meine Heimatstadt gezogen und wir haben uns alle sehr gut eingelebt. Die Kinder sehen ihren Vater regelmäßig an Wochenenden und in den Ferien. Das Verhältnis zwischen meinem Ex-Mann und mir ist geprägt von Verletzungen und Misstrauen und es wird noch viel Heilung auf beiden Seiten benötigen, bevor wir vielleicht wieder aufeinander zugehen können.

Ein paar wenige Menschen haben sich entschlossen, mich nicht weiter auf meinem Lebensweg zu begleiten und sind am Wegrand stehengeblieben.

Trotz dieser energieraubenden, teilweise bedrohlichen und manchmal traurigen Zeit habe ich es nicht ein einziges Mal bereut, der Richtung meines Herzens gefolgt zu sein. Mein Horizont hat sich erweitert und immer wieder begegnen mir neue und wunderbare Menschen, die ich nicht missen möchte! Es ist faszinierend, wie viel Altes geblieben ist, das jedoch in einem ganz anderen Licht erscheint. Authentischer.

Die Pflanze in mir ist heute nicht wiederzuerkennen. Sie ist farbenfroh, wunderschön und blüht in all ihrer Pracht.

EINTEILER.

IsaRion.com - das Portal

Wir geben lesbischen Müttern, Co-Müttern, Frauen die noch in der Ehe mit ihrem Mann aber auf der Suche sind, einen Raum, sich zu finden, auszutauschen und zu diskutieren.
Alltagsprobleme, Sorgen mit den Kindern und auch Freude über ihr Verliebtsein etc. sind Themen, die uns bewegen.

Jede Frau ist bei uns
WILLKOMMEN

ISAbelle und maRION

www.IsaRion.com

Die Welt der jungen stellver-
tretenden Chefredakteurin
Leena steht auf dem Kopf.
Zum ersten Mal im Leben
verliebt sie sich in eine Frau.
Neugierig geht sie diesen
Gefühlen in sich nach und
lernt im Chat die aufregende
Chess kennen.
Zunehmend hat Leena das
Gefühl, dass sich die Realität
und die virtuelle Chat-Welt
vermischen.

Weibliche Erotik
von zart bis hart.
In aufregend erotischen
Geschichten gibt Patricia
Kay Parker einen Einblick in
verborgene Sehnsüchte und
erregende Versuchungen.
Durch sinnliche Schwarz-
Weiß-Fotografien wird die
Lektüre zu einem unwider-
stehlich prickelnden Erlebnis.

Lassen Sie sich verführen!

Patricia Kay Parker
Smilla@Chess
Roman
ISBN:3-8334-3732-4

Patricia Kay Parker
Lustvolle Verführung
Erotische Erzählungen
ISBN: 3-8334-9021-7

www.Patricia-Kay-Parker.de